公元787年，唐封疆大吏马总集诸子精华，编著成《意林》一书6卷，流传至今
意林：始于公元787年，距今1200余年

意林®轻文库

轻小说 青春最美，梦想出发
中国式优质轻小说第一品牌

想你的时候，
抬头微笑

凌霜降 /著

吉林大学出版社

图书在版编目（CIP）数据

想你的时候，抬头微笑 / 凌霜降著. -- 长春：吉林大学出版社，2016.11
（暖爱青春馆）
ISBN 978-7-5677-7931-0
Ⅰ.①想… Ⅱ.①凌… Ⅲ.①短篇小说-小说集-中国-当代 Ⅳ.①I247.7

中国版本图书馆CIP数据核字(2016)第252659号

想你的时候，抬头微笑
Xiangni De Shihou, Taitou Weixiao

著　　者	凌霜降
总 策 划	安　雅　张　星
责任编辑	邵宇彤
图书统筹	凉小葵
特约编辑	杨　宁
绘　　图	君　翎
书籍装帧	胡静梅
美术编辑	王　春
开　　本	700mm×1000mm　1/16
字　　数	245千字
印　　张	12
版　　次	2016年11月第1版
印　　次	2016年11月第1次印刷
出　　版	吉林大学出版社
发　　行	吉林大学出版社
地　　址	长春市明德路501号
	邮编：130021
电　　话	发行部：0431-89580028/29
网　　址	http://www.jlup.com.cn
经　　销	全国各地新华书店
印　　刷	河北鹏润印刷有限公司
书　　号	ISBN 978-7-5677-7931-0　　　定价：22.80元

版权所有　侵权必究

如发现印装质量问题，请与印务部联系退换，电话：010-51908584

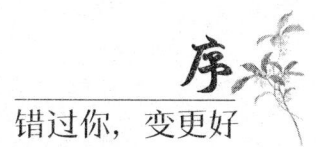

序

错过你，变更好

青春是什么样的呢？

日子变得无比漫长，我悄悄地路过树荫下，觉得入耳的蝉鸣有一种难以言喻的凄切。

敏感少女的全部青春，都被小心翼翼地藏在那些默默无言的心事里。

十七岁那年，我曾经喜欢过的一个男孩子，不太高，不太帅，名校毕业，显得正气、阳光。

那时候，总觉得自己阴郁无比，于是，只是暗暗地喜欢他，未曾说出来。

一个人，独自跑去他读书的城市看他。那时候，我光脚穿板鞋，婴儿肥，穿着自己动手做的大印花棉布裙子，而且从来没有搭过地铁，于是在检票的时候，张扬地从护栏下钻进去，看见他尴尬的脸色，内心安慰自己说，我只是在张扬个性，掩饰自己的土气。其实却无比沮丧，因为自卑地觉得配不上他。

可是，还是那么喜欢他，觉得有他的地方就有阳光，我必须努力变得优秀，才配得上他。十九岁的我眼里只有爱，有许多夜里会觉得，如果不表白就会错失。

某天我用彪悍而极品的勇气向他表白，我说："给你五分钟，要么我们在一起，要么从此绝交。"也只能在短信里这样讲，现实中，我讲不出。

那时候，将他的短信声音设成马蹄声声，美好得似一部史诗。可是我没有听到这马蹄声的回音。

嗯，我曾是这样一个"花痴"。

我要感谢自己的锐利。是的，我一直似一根向上生长的刺，也许会开出蔷薇，但永远有刺。这种锐利，让我独自决定了从此不再联络他。

忍耐着去接近自己喜欢的人是痛苦的，似每一天都赤脚走在荆棘路上，鲜血淋漓，却不能喊痛。

但倔强的我对自己说，你看你看，只要你掌握了主动权，即使受伤也不会那么痛。

其实，我自己是知道的，那时候，刺伤我的不是他不喜欢我这个事实，而是，我感受到了他的不快与敷衍。

还有，我的骄傲让我无法承认被拒绝，从而感觉到深深受伤。

从此真的刻意不再与他联系。

他渐渐远去，远得如同似有若无的神明。一直知道他在。一直不服气。一直好想成为能与他比肩的人。

大学里我沉寂而又孤独，仍然锐利如刺。

毕业后，我买了电脑，开始写稿，再后来，我生病，辞职，离开了那个四季如夏一雨成秋的宁静小城，开始新的感情，开始在城市森林里打拼。

似乎是忽然之间，我离当年那个连搭地铁都不会的乡下丫头很远很远了，可我知道，我依然是一株带刺的野花，从不放弃生长，也从未放弃自己的尖锐。

他从他常常读的书里看到了我的名字，于是辗转找到我。

"嗨，没想到你变得这样好。也没想到，有一天，我会变成仰望你的人。"

我久久无言。

是了，他是我年少时，一段柳絮一样消逝在春风里的爱恋。

原来他并不是我高攀不起的大树，只是我在成长的路上，经过的一株灌木。

那时，因为年少，因为我还长在低处，因为我还没有成为一棵树，所以觉得他无比高大，似乎高大到我不能逾越，只能选择低微地向他攀爬。

我慢慢地、慢慢地生长着，努力伸展我的枝叶，最终成了我想成为的那棵树。

终于有一天，我忘记了他，认不出他，他还是他，我还是我，只不过，我已经看不到他的高大了。

我说，谢谢你。

他说，为何要谢我？是我应该谢你。谢谢你超过了我，变得这样好。

原来始终喜欢的那个人，他依然那样美好。

原来，你喜欢的人，并没有喜欢错。

原来他的拒绝，是无法回应的放手。

原来，我已经走着走着，终于到达了他以前不曾到达的地方，看到了他可能看不到的风景。

今天的我，走在自己选择的路上，一往无前。如果我觉得慢，我还会奔跑。但不管会遇到什么，我不会停下我的脚步。

有一天，我想我会成为更好的自己，去喜欢更好的人。

谨以此，纪念年少时的暗恋，献给奔跑在路上仍在不断成长的自己。

凌霜降
2016年深秋

目录 Contents

- 001　一生只爱一个人
- 015　因为你，我相信了这个世界的美好
- 029　风决定要走，云怎么挽留
- 041　愿所有星星都对你微笑
- 055　那年夏天的海
- 067　可是，我没有
- 081　南风知我意

目录

- 095　我愿被你永远依赖
- 109　87号时光列车不开往未来
- 119　你就是我不喜欢别人的理由
- 131　如果你也喜欢我，那就为我种一棵树吧
- 145　如果我不能等到你
- 157　最终我们还是走散了
- 171　有你不孤单

一生只爱一个人

从前的时光很慢，车、马、邮件都慢，慢得一生只够爱一个人。
我在这速食时代写信给你。
我从不抱怨邮局太慢，急什么呢？我有一生可以等待。

1

李小瓷的那些信封上只写了我的名字与标了日期的信，整齐地装在一个米粉色的盒子里，用米色的丝绳捆着，看起来十分别致。

房东太太把它递给我时的样子，又欢喜又忧伤："去年圣诞节前寄来的，一整盒的信。我没能打听到你的地址，所以没能及时给你。现在还写信的人，一定是浪漫的人。"

我接过那个盒子的时候，只简单地说了声"谢谢"。

告别时，房东太太不无羡慕地说了一句："有一个人这么爱你，你真幸运。"

我幸运吗？

不，我不幸至极。

彼时与我相恋十年的女友纪优成了别人的新娘，而我，因为失意而丢了工作，不得不出来旅行散心。明明想调整状态，变得更好来给抛弃我的人看，可却不由自主地重返了与纪优相恋的旧地——多伦多大学。

失落地在校园里散步时，偶遇一位旧识，他忽然说起，原来的房东太太曾经向他打听过我的消息。我想反正要打发时间，才来拜访了留学第一年曾经住过的房子。

这样的我，怎么算幸运。

我失落到没有阅读那些信的兴致。回到酒店后，把它们装进了行李箱，开始出发去下一站——我和纪优第一次一起去旅行的威尼斯。

飞机晚点了，半个小时后又被告知因天气原因取消了航班。

于是，我在失魂落魄而又无所事事的那一刻，想起了那些装了满盒子的写了我名字的信件。

李小瓷，很抱歉，打开那个粉色的盒子随手拿出一封信展开的时候，我没能第一时间想起你。

2

司晓楠：

你还好吗？

回头想一想，有五个月没有给你写信了，这是自从决定给你写信后，时间相隔得最长的一次。半年前我偶然听说，你在那边也做了义工。这五个月里，我犹犹豫豫，最终决定辞职，来这里无偿支教一年。

现在的加拿大也是秋天吧？枫叶一定很美。愿你每天都有好心情。

我的心情也很好。每次提笔给你写信，我都觉得很快乐。

大凉山的柿子都熟透了，孩子们给我带了好多，我吃不完，都不知道怎么办才好。一位老太太教我把它们酿成柿子酒，我仔仔细细地忙活了一整天。如果酿得很好的话，多想有机会能够送你一瓶。

寄下希望后，生活就恬静美好了许多。

从两个月前来到这里后，我一直不怎么适应，很想念烘焙间的香味，很想念你。不过，现在好很多了，看到孩子们的笑脸，还有人特意为过冬的鸟儿留在树顶上红通通的果实，觉得一切都在变好。

我常常想，如果我的个性再开朗一点儿就好了。

你要是知道我教的竟然是音乐与英文，一定会笑话我的吧？因为与十岁时钢琴就考过了九级，而且生活在英法语国家的你相比，大学毕业时英语很勉强才考过了六级的我，真是逊极了。

不过，因为有你在前方，我会继续努力的。

晚安。

李小瓷写于2013年10月15日夜

3

李小瓷，我记得你。

发色淡黄卷曲，面目平凡的女孩。唯一不同之处，就是戴了一副牙套，笑起来的时候，牙齿上似横了一条张狂的铁毛虫。

你还是个转学生，而且，开学快一个月了才转来。彼时大家刚刚相对熟悉，对于一个丑到爆的牙套妹莫名地充满了排斥感。

有个恶作剧的男生绊了你一下，你如他所愿地以那种传说中的狗啃屎的姿势，摔倒在地上，正好在我脚边。

嘴唇都摔出了血，抬起头时血淋淋的嘴真是吓了我一跳。当时你没哭，只是眼睛里充满了慌张。我有些不忍，在你爬起来的时候，拉着你的书包带子，扯了你一把，并在自己的书包里掏了一包纸巾递给你。你接过纸巾的时候，眼睛里有惊讶和感激，亮光闪闪的。

第二天，嘴唇有伤而肿起的你看起来更难看了。昨天那个恶作剧的男生没有道歉，反而说："哇哦，牙套果然厉害，摔这么狠一点儿事没有。"

我推他一把："喂，别太过分呀。"

我不是什么特别有正义感的人，我只是有些心存愧疚，那个绊你一跤的主意，其实是我出的。

十六岁的男生就是这么无聊，疯狂地想成为一个成熟稳重的男子，却又喜欢恶作剧地幼稚。

有传言说，男生们喜欢一个女生才会欺负她。我那时坚信这绝对只是一个传言。男生都是因为无聊才欺负女生的，特别是欺负那些看起来又弱小又丑的女生。

比如你。

4

司晓楠：

你好。

此刻的我忐忑至极。我不知道我是否应该给你写这封信。我太想念你，而这些思念无处可去。

最后我决定给你写信。虽然我并不知道，这些信是否有勇气寄给你。

今天，二零零四年的情人节，对你来说，一定是一个值得纪念的日子。你送给纪优一枝樱花，并且，得到了她的微笑。

你站在一棵柳树下，穿一件灰色的棒球外套，高高瘦瘦，手脚修长，风扬起了新绿的柳枝，可在我眼里，它们的美，不及你的侧颜分毫。

站在你对面的纪优也美得倾城。

难以掩饰的心酸让我缩回墙角，悄悄地抹去了眼角的泪。

今天亦是我值得纪念的日子。我的心在看到你和纪优的笑脸时细细地似粉末般碎开，然后，又被你眼睛里流淌着的快乐一点一点地黏合完整，它似乎还是我的心，但它已经不是我的心了。

我喜欢的人喜欢上了别人。我喜欢的人和别人在一起了。这是刀，是刺，是毒药，见血封喉。我喜欢的人能和他喜欢的人在一起，我喜欢的人很快乐，这是光，这是暖，这是解药。

你还是那个你，可你又成了另一个你。

只是，我挣扎又挣扎，变得更喜欢你。

你应该不会记得了吧？我们第一次见面的那天，你递给我的那包纸巾，当时我只用了一张。还有九张，被我当宝贝一样地收好了。

我挺傻的，对吧？

纪优很聪明，我想你和她，会幸福的。

我会祝福你，不管有多少酸楚在心里。

李小瓷写于2004年2月14日

5

当时你和纪优是同桌，与明艳而聪慧的纪优相比，你实在太不起眼了，成绩很一般，长得不漂亮，因为害怕被人笑话戴牙套平常都不怎么说话，更不怎么笑。唯一的一次被大家提起，还是在元旦联欢会时，有一大盒子的曲奇饼干美味至极，好几个喜爱甜食的人都在问是在哪里买的，好一会儿才有人说："这不是买的，是李小瓷自己烤的。"

你家有一间小小的蛋糕房，开在一条旧街的街角，你的母亲在打理，但生意一直不太好。

这些，我都是听纪优说的。纪优喜爱甜食，你几乎每天都给她带各种各样的饼干、蛋糕、馅饼，都非常美味。

我知道这些，是因为你给纪优的那些香甜美味的点心，有一大部分，都落入了我的胃。

我也爱吃甜食。但是，我没有告诉过任何人。那时候我幼稚地认为，一个大男人爱吃甜食是幼稚的。我喜欢纪优的其中一个原因，就是因为她爱吃甜食。我想以后我想吃的时候，可以假装是帮她吃。

你做的甜点实在是美味，偶尔，我甚至使了心机，告诉纪优，某种很好吃的甜点很想买给她吃，只可惜这座城市太小买不到。十七岁的纪优真是馋，她咽着口水听我描述完，再咽着口水描述给你听。

然后，第二天，纪优和我就真的吃到了我想吃的那种小甜点——不管多么新奇、多么特别、材料多么难以购置，但，必定能吃到。

我不知道你是怎样做到的，现在回头想想，你必定为此花了许许多多的心力。

6

司晓楠：

我在给你写这封信的时候，窗外飘来了一些桂花香，烤箱里的金丝桂花馅儿的老婆饼还有二十分钟烤好，但香味已经慢慢浓郁。

此刻的我，有淡淡的幸福。自从我发现，我给纪优做的甜点，她总会与你分享之后，每次我做甜点时的心情，变得又美好又幸福。我喜欢做甜蜜的糕点，我更喜欢，这甜蜜的点心，是为你而做。

真庆幸我能为你做些什么。

你为我做了很多。他们嘲笑我的牙套的时候，你让他们别太过分。被同组的人丢下独自打扫教室的时候，你和纪优会来帮我。昨天傍晚，我爬到最高的那棵桂花树上摘最好的桂花而爬不下来的时候，是你帮我去借来了梯子，还帮我支开了查校纪的老师。

虽然我知道，你只是因为我是纪优的同桌，所以才会多看我一眼。但是，站在桂花树下，眯起暗黑的眼，微笑着摇头，然后问我"是爬上去了却下不来了吗"的你，堪比王子与天使。

因为想得到树顶那些开得最好的桂花，便不管身在校园，不考虑后果，冲动地爬上了树，之后因为畏高而双腿发软，整整在树上傻呆了一个小时的我，真的笨得可以。换作纪优，必定不会这样做，她是聪明的，她有很多办法，一道数学题，我能做出最浅显的一个解法就已经艰难，但她能想出三种解题方式，而且完美至极。

而我，不管做什么，总显得慢而笨拙。

小小的自卑像春草一样长出来。但是，又觉得那样是好的，若纪优不是那样聪慧的女孩，又怎有资格站在你的身边。

老婆饼是一种充满了甜蜜与爱的点心，愿明天你与纪优一起分享它们的时候，会觉得幸福甜蜜。

李小瓷写于2004年9月30日

7

李小瓷，因为那盒老婆饼，纪优与我，第一次真正地吵架了。

已经高三，有可能即将分飞的恐惧侵蚀着我们年轻而不够稳定的关系。

纪优的成绩很好，家境也很不错，她是一个有梦想的女孩子，她想先考到北京去，再从北京申请留学考试，然后去国外生活。

我的成绩虽然也不错，但远不及她。身为一个自大的十八岁男生，在这样优秀的她面前不自卑是不可能的。她极其上进，在接受了我的表白后，坦言她若与我在一起，便要我努力跟上她的步伐。

上周第一次模拟高考的成绩出来后，她对我十分失望。与过去的六个月一样，那天放学后，我们一边吃着你做的点心一边背单词。

面对着因为我想吃而跟纪优提起，随后纪优又跟你提起的，而你竟然真的做出来的金丝桂花馅儿老婆饼，内心住着一个蠢萌吃货的我放下了手中的书本，希望自己能好好地享受这独特的美味。

我让纪优也先享受美食,纪优一下就爆发了,从我不思上进到将来不能在一起吼了一通,然后哭着跑远了。

她走之后,被她丢在地上的老婆饼在傍晚的风中暖香阵阵。我转头望向你被困的那棵金桂树,并不觉得太伤心,只觉得好可惜,是李小瓷那么使劲儿才摘下来的桂花呢。

那时候的我,不知道你心里有我。谁能想到呢?一个那么普通而又平凡的女孩,一个被纪优的光芒逼在角落里的女孩,竟然会这样深地在喜欢着我,喜欢着已经喜欢上了别人的我。

很抱歉,十八岁的我,肤浅地只喜欢漂亮、聪明的女孩,如纪优。而明明有虽然普通却已经特别到进驻了我的记忆的女孩,如你,则被我放在了某个不吃甜食就不会想起的角落里。

8

司晓楠:

你还好吗?你和纪优终于和好了。笑脸回到了纪优的脸上,也暖暖地重新绽放在你的脸上。

听说,你们将一起去海边进行毕业旅行。真好。

在你们冷战的三个月里,偶尔我会看到纪优悄悄地抹眼泪。而你,也沉郁了许多。我无法知道你为什么吵架,因为你们看起来是那么好,即使是老师也因为你们的聪慧与勤勉而不忍对你们的恋情多加干涉。

我做了很多纪优和你最喜欢吃的甜点,希望你们能甜甜蜜蜜地和好。可是纪优没再去找你一起吃了。她独自做着卷子,吃奶油提子干曲奇的样子,真是食不知味。

你们冷战后,她多了一些时间,便会教我一些学习技巧,比如怎样快速地记住单词,比如如何在一张试卷里触类旁通,如何背化学式更有效。一些很小的技巧,我很用心地学。当时我并不知道它们非常有用,我只是想,啊,哪怕试着离她的优秀更近一点儿就好。但她简直令我望尘莫及,仅仅凭借着这三个月里她教我的东西,我这样并不好的成绩,竟然在高考中超常发挥,考出了一个我前所未有的成绩。

虽然你们没有考上同一所学校,但毕竟在同一座城市。从此之后,你和纪优在北京。我呢,则会去广东。

此后,这一北一南,也许,便再难有见面的机会。

在梦里,我心里涌过很多次冲动,想对你进行一次告白,即使不成功便成仁;即使不成情侣便永不成朋友；即使从此之后，我再没有站在你和纪优面前的脸面。

幸好，清晨的阳光总能让我安静下来，爱有很多种方式，我最不愿意用的，便是这种急速与决绝，我不愿陷入那完全绝望的深渊。

所以，再见，司晓楠。愿还能再见到你。

李小瓷写于2005年8月2日

9

我和纪优在大一的那个春天第一次分手了。当时他们学校有一个很优秀的男孩在追求她，那个男孩鼓励纪优和他一起去美国。纪优虽有些犹豫，但心向往之。我想，既然纪优想去，那就去吧。我陪纪优一起，去报了雅思的培训班，背单词累得像条狗，可第一次考试，不幸铩羽而归。失落与自卑难以避免，特别是那个男孩和纪优都考了高分的情况下。

那个男孩去了美国，而纪优说要留下陪我再考。我心里是感动的，但女孩的青春多么宝贵，而且纪优那么聪明，我不想她为我耽误，于是提出了分手让她先走，我明年再考去找她。

纪优走后，我悔得肠子都青了，整个学期都无所事事，连我自己都觉得我看起来糟糕透了。我很想吃甜食，但是所有买来的与你做得几乎一模一样的甜食，都似不是我曾经吃了就会心里充实而欢喜的美味，不知道是因为身边没有了一起吃的人，还是因为那些甜食不是你做的。

在同学群中听说你在广州生活得很不错，专门去学了烘焙，然后课余在一家大型的蛋糕店打工，听说还得了什么糕点师比赛的银奖。有个同学说，想不到那个牙套妹居然还有点旁门左道的小本事。

说这句话的同学，我想也没想就把他拉黑了，当时想的是，糕点师有什么不好，能做出那样美味的点心是一件值得佩服的事。

有好几次，我想去广州吃你做的点心，到底没有成行。

一个在广州读书的同学来北京玩，提着几盒精致的点心来找我，打开的时候，我给纪优发了信息：没有你，再喜欢的东西，吃着都没有滋味。

纪优当即就给我回复了，她说：李小瓷说你肯定会这么跟我说的。看来她比我了解你呀。

我对纪优说：我们再也不要分手，好不好？她说好。

只闻着那香味，我便知道那点心肯定是你做的。吃的时候，不知道是因为是你做的，还是因为纪优愿意与我和好，所以感觉特别充实和甜蜜。

那天之后我更使劲儿地背单词，当时我真以为，我再也不会与纪优分开了。但是，现实总是有太多的事与愿违。

10

司晓楠：

你好吗？新闻上说，多伦多暴雪。不知道你和纪优好不好。愿你们安好。

这是我来上海后的第一个冬天。我接受了一家糕点店的邀请，来做西点主管。

上海离北京终于近了许多，只是，你已不在北京了。

这两年，我抑制了自己的嫉妒与贪心，终于稍稍有了些自信，所以，与纪优的联系多了几次。不知道她有没有在你面前提起过我，而你，有没有想起那个被你温暖对待过的女孩？

去年，你们一个从北京出发，一个从美国出发，都去了加拿大多伦多大学，纪优是作为交流生去的，而你，是通过考雅思申请到的名额。我喜欢的人，真是特别优秀。我真羡慕纪优，被你这样喜欢着。

纪优告诉了我你在加拿大的住址。我仔细地抄了下来。这些信，我大概一生都不会寄给你，但是，我总期望着，如果我一直一直很努力，就算做一个小小的糕点师，会不会也有机会飞去地球的另一面，顺着这个地址去找你。

哪怕，只是远远地望一眼。你是不是比以前高了许多？吃到最喜欢的点心时，会不会还像以前那样眯着眼微笑？是否变得成熟而又稳重？是否还是那样善良而又温暖？

我想念你，自卑慎微地写着这些不会给你寄出的信。我想念你，勇敢无畏地在这些信里摊开我碎裂的又因为充满了爱意而跳动的心。

因为你，我想成为一个更好的人。我不断地慢慢努力着，只为证明，我有喜欢你的资格。虽然，有资格我也不能成为那个与你携手的人。

李小瓷写于2010年11月1日

11

刚到加拿大的那一年，我和纪优真的很好。

我雅思成绩不错，入学的专业分也很高，她终于觉得可以看到我们的未来了。我的自信心也增加了许多。我们甚至开始规划，毕业后就结婚，我去找工作，她继续读博士。

那个时候，我真的以为我们会一起过一生的。

美好平和的时光没能持续多久，大学时追求纪优的那个男孩，从美国飞到多伦多，只为见纪优一面。纪优有些感动，陪他在多伦多玩了一天。

我应该觉得嫉妒与愤怒的，但我没有。我只觉得自己的自尊被微微地刺伤了。我不知道我不嫉妒，是因为我真的喜欢纪优，还是我真实的内心里根本就没有我自己想象的那么喜欢她。

之后的两年，纪优开始不断地与我吵架，然后冷战、分手，然后再次和好。再吵架，再和好。

重复的折磨终于让我变得麻木，纪优更多地接受了那个男孩的安慰。直至她去了剑桥读博士后，她走的那天，我们终于最后一次分手了。

我去机场送她，纪优一直很沉默，我说一路顺风的时候，她忽然哭了。她说："司晓楠，我过去一直觉得你是真的喜欢我，但我现在不确定了。因为你和我在一起的时候，并不真正的快乐。"

我愣住了。我不快乐吗？她说是，你连吃甜点的时候都不快乐。

我想反驳她，我想说如果我不喜欢你，为什么会那么努力跟你考来这里？如果我不喜欢你，为什么也会觉得受伤？

纪优说："这是因为我很优秀。你觉得我值得你喜欢，值得你这么做。可是司晓楠，喜欢一个人不是她是否优秀，是否值得喜欢，是喜欢就喜欢了，不管她是丑还是美，是聪明还是愚笨，只要是她，你就喜欢她，觉得她可爱，觉得她好。"

当时我只认为，那是纪优为她的移情别恋才找出来的奇葩借口，我没有反驳她，只是无所谓地笑了一下，为我们十年的感情画上了的句号。

12

司晓楠：

你好吗？

我终于来了北京。我接受了一家酒店的工作邀请，在这里工作两年。我喜欢做点心，因为这是我唯一擅长的事。我喜欢北京，因为你曾经生活在这里。

我刻意地把自己的生活过得慢一些，每天起得很早，到酒店的烘焙间准备一天所需要的原料，每一颗果仁都仔细地精心挑选，经常有挑剔的客人特意来后厨向我表示感谢。同事们对我都很不错，他们说因为我的点心做得好，他们收到了更多小费。

什么时候，我能再为你做一次点心就好了。你是我见过的，最喜欢吃甜食的男孩子。

昨天和前天，我去了你读书的大学，那里的桂花开得很好。不知道你生活在那里的时候，闻到桂花香时是否曾经想起我做的点心。

我仍然很想念你。更想念你。所以，我决定断绝与纪优偶尔的联系。

我害怕她联系我，也害怕自己会联系她。于是搬家，更换电话、邮箱，刻意地不留下任何联系信息。

我希望能够听到关于你的消息，却也害怕听到关于你的消息。希望知道你们安好幸福，又怕知道你们未能恩爱如昔。我怕你们的幸福令自己绝望，又怕你们的不幸令自己生起不应该有的希望。

就这么纠结地生活着，想念着，绝望着，也希望着。

从前的时间都很慢，因为车很慢，马很慢，路变得又远又长，于是，信也很慢。于是，每个人的一生，都只够爱一个人。

我也想把我这一生这样慢慢地过着，尽量走路去上班，选择公交与火车出行，耐心地等待面团自然发酵，专心地用笔一个字一个字地给你写信。

信虽然不会寄出去，但是，我的心却有了去处。它在这里，安安稳稳，悠长缓慢，一直还在爱着你。

也很好。

李小瓷写于2012年10月10日

13

李小瓷，我整整在机场的候机大厅里坐了五个小时，终于把你写给我的一盒子的信全都看完了。身边行色匆匆、人来人往，没有人注意到我是一个鼻子发酸、眼睛发胀、强忍眼泪的男人。

我能想起来与你有关的事情很少，但都很清晰。我不知道这代表着什么，但我忽然觉得，我不想去威尼斯了。

最后一封信的末尾，有一张笔迹陌生的便笺纸，上面写着，我为何会收到这些你并不打算寄给我的信的理由：你好。我叫张浩，是一名热爱野外探险的旅行者。我在大凉山的一处山崖下捡到了这一盒子信，很抱歉我拆看了其中一两封，羡慕你被一个女孩这样喜欢着。最后我决定把这些信寄给我在这个盒子里发现的地址，算是帮一把这个不知是有意还是无意丢失了这些信的姑娘。愿上帝保佑你们。

我小心地抱着那盒信，拿着行李去了改签窗口："你好，我想改签去中国北京。"

两天之后，我在北京满世界地打听一个叫李小瓷的糕点师，却一无所获。我甚至向正在度蜜月的纪优打听了你的下落。

如你在信中所言，纪优说："李小瓷呀，她搬了家换了电话邮箱，很久没有和我联系了。"

辗转打听到几个老同学，问起你，他们惊讶："你找那个牙套妹？不知道呀，只听说她好像在做糕点师。"

我在网上联系上去大凉山支教的个人与组织，向他们打听你。我也不知道自己为何这么执着地想找到你，我只知道在寻找你的过程中，我慢慢地丢开了与纪优在一起时的惶恐与不安，丢开了与纪优分手以及失业后的愤怒与不忿，我慢慢地平和了下来。

我还不能确定，我找到你后要做些什么，我只想找到你，然后站在你的面前，说：嗨，你好。我叫司晓楠。

就像我们从前不曾认识一样，与你重新开始认识。

我一遍又一遍地在各个群里问着：两年前有一个女孩也去了大凉山支教，大家有没有人知道她现在的消息？第一天，没人理我。第二天，仍然没人理我。第二周，仍没人理我。第十七天，终于有一个几乎不曾登录的头像亮起，闪出来这么一句话：李小瓷？是不是那个从山上摔下来的女孩？

终于有了你的消息，却不算是好消息：支教结束回来的路上，因为山体滑坡意外，你从山上摔了下去，足足在医院里躺了三个月，才捡回条小命儿。但这都不是最要命的，最要命的是，一种带毒汁的树枝划伤了你的眼皮，当时眼睛肿得都没了缝，消肿之后的噩耗是，你半失明了。毒液影响了你的视网膜，你能看到微弱的光亮，但除非更换视网膜，否则你从此之后都无法进行任何精细的工作。五星级酒店的糕点师工作，自然也不能继续做了。

他们说，你没有接受支教志愿者们的捐助，也没有留下有效的联系方式。

此刻，我忽然想起了纪优与我分手时说的话：司晓楠，你曾经真正认识过你自己吗？你曾经真的懂得什么是喜欢一个人，什么才是爱一个人吗？

那时候我觉得我懂。

但是现在我明白了，那时候我是真不懂：爱是应该像你一样，正视内心所需要的情感，而非脆弱的自尊所需要的支撑。

如果一个叫作李小瓷的女孩没有在我心里占据位置，我根本不会记得她，更不会记得她与我之间那少得可怜又可悲的互动。我会像对待其他女同学一样，看着照片努力地想半天，才会记起她当时的样子，甚至不可能记得她的名字。

我去了上海，又去了广州，去了你曾经工作的酒店和蛋糕店，吃了你做过的点心，听你的旧老板、旧同事们提起你，说你善良，不多话，做事认真，说你做糕点专注而又有天分。

李小瓷呀，你做到了，你成了一个特别优秀的人。甚至优秀到，我快要自惭形秽。

可是，李小瓷，你在哪里呢？

14

你在我们最开始认识的小城里，还是那条没多大变化的旧街，还是街角那间生意不怎么好但也不坏的蛋糕店，你苍老许多的母亲坐在柜台后面，问我要买什么，然后转头与在里间的你争辩了几句，她说你太注重配料的分量，你说，配料不对糕点就不好吃，她说小地方没有人吃得出来。

我把从门口撕下的那张招聘启事放到你母亲面前："我来应聘。"你母亲看了我一眼，说："你行吗？别看我们店小，活儿却多，我女儿要求很严格的。"

你终于从操作间出来了，高了些，瘦了些，那张脸比起高中时似多了些岁月，但有了一种恬静的气质，虽然仍然比不上纪优那种张扬的美，但是，你微笑着露出整齐洁白的牙齿时，真是惊艳绝伦。

我终于如我自己所愿的那样，对你说："嗨，你好。我叫司晓楠，我来应聘工作。"

我看到你的眼睛忽然闪起了星星碎片一般的光亮，然后，又一点一点地熄灭下去："你好，我叫李小瓷。你喜欢糕点吗？"

我是这样回答的，平生第一次，正视了自己作为一个男人却有着女孩一样的饮食爱好："我很喜欢。"

你没有认出来我，并不怪你。不只因为你看不见，还因为，我与纪优分手后，在极度失落的情况下误将酒精当成水喝了下去而烧坏了嗓子。

我没有打算瞒着你，我只是打算好好地想一想，怎么样才能像你一样，清楚地认识自己的内心，清楚地认识爱，学会慢慢地生活，学会慢慢地，用一生只爱一个人。

15

"现在开始工作，可以吗？"

"好。"

"打面糊的时候，要均匀一些，要慢一些，越温柔，烤出来的蛋糕就越细腻。"

"好。"

"我认识一个人,和你一样的名字。"

"也许我就是他呢。"

"他的声音和你不同。杏仁要用擀面杖慢慢地碾碎。"

"好。你喜欢他?"

"嗯。"

"谢谢你。"

"什么?"

"我说谢谢你。今天下班之后,我给你讲一个故事好吗?"

因为你，
我相信了这个世界的美好

原来，这世界上，真的有那么一个人，你只要想起他，心里就会开满花。

1

十七岁那年我遇见了你，就像陷入困境极度绝望的信徒遇见了天使。

那年我出水痘了。

脸上的包一个又一个地冒出来，脸原本就又瘦又黄，现在更是鬼都能被我吓回去。

我怕传染给别人，躲在屋里不敢出去，姨妈一脚把门踹开，让我抱着同样出水痘的梁伟书去街口排队看义诊。

义诊是省城最大的医院组织。

队伍排得很长，人们看到了我和梁伟书脸上的包，都躲得远远的不敢靠近。

"那俩小孩是谁呀？脸上那是出水痘了还是什么病？"

"那是梁家的大妞和小儿吧？不知道是什么，挺瘆人的。"

"真可怜，爸妈走了，又摊上了那样的姨妈。"

终于轮到我了，我紧紧抱着因为不舒服而扭动的梁伟书，试图让他安静些。

穿着一身白大褂的你，有一张年轻的脸，眉清目秀，眼神温润而柔和："小妹妹，你的家里人呢？"

我在你温雅又迷人的微笑中失神失声，只觉得身体里好像有什么也走丢了，好一会儿，才想起要回答你："我就是我的家里人，这是我弟弟，请帮他看看，他一直在发烧。"

简易的帐篷里，你亲自给梁伟书打针，你的手干净修长，又灵活有力，而且十分温柔。梁伟书痛得挣扎吼叫的时候，你轻轻地说着话安抚他。

你的声音敦厚而温暖，我忽然觉得眼角发酸。

在我的父母因为一场意外双双去世之后，在姨妈带着姨父、表妹、表弟住进我们家之后，我已经有整整两年没有流过一滴眼泪了。

"你也出水痘了，你也需要用药。你叫什么名字？"

"梁雅书。"

"我叫周栾。"

"十七岁才出水痘是不多见。但确定是出水痘了。

"饮食清淡些，配合药物，很快会好。

"结痂的时候要等它自然脱落，要有耐心，别动手揭开，会留疤痕的。

"自己生病很辛苦，还要照顾弟弟。你要加油。"

你的话很简短，声线敦厚，似能传去最悠远的地方，然后又慢慢地传了回来。

你走后许久，我的脑海里依然回荡着你说这几句话的声音。

仿佛姨父的冷漠，姨妈的粗暴，表妹表弟的欺侮都不再那么难以忍受。

要有耐心，伤口总会好。

要有耐心，我总会慢慢长大。

要有耐心，总有一天我能保护梁伟书，保护我的家。

水痘终于结了痂，梁伟书粉嫩的小脸蛋终于恢复了原来可爱的样子。我大概因为年纪大些，对药物反应也慢些，结痂也慢些。

收到你的第一笔汇款的那天，我过得惊心动魄。

半夜里，喝醉了的姨父开始撒酒疯，差点儿砸碎了我屋子里那扇脆弱的门，我抱着半醒惊哭的梁伟书，不知如何是好。手里紧紧握着一支铅笔，想着如果有什么意外，便将它插进对方的眼睛里。

我在姨妈的骂声里挨到了天亮，逃跑似的带着梁伟书去上学。

快放学的时候，我内心依旧惊惶，却又不得不强装镇定。

想到姨父阴冷恶毒的眼睛，我还是怕。

"梁雅书！你的信！"

直到我收到你的第一封信，还有第一笔，救命的钱。

2

梁雅书，你好。

我领到了我人生中的第一份工资，分一半给你。要继续努力读书哦。

你没有留下地址，只有签名与日期。

我手指轻轻抚过你的名字，想象你写这封简短的信时的样子。

我不知道你为何想到要帮助我，大概是因为当时去就诊的人全都在议论姨妈霸占了我们家，还虐待我们姐弟的事情，而你恰巧听到了吧。

大概是，上帝终于看到了我的艰难。大概是逝去的父母也不再忍心，所以，拜托你作为天使降临。

钱是两千块。

我用这笔钱，让梁伟书上了幼儿园。剩下的存了起来。

请律师需要很多钱，我要把我的家要回来。

那一年，世界上最好听的话叫作：梁雅书，你的信。

每当听到这句话，我的心就会安定下来。

你的信息是很简短。

梁雅书，还好吗？加油。

梁雅书，今天我第一次跟进大型手术，手术成功。你也加油。

梁雅书，新年快乐。

梁雅书，你好吗？我有点儿不好。今天送走了我的手术生涯里第一名未能抢救过来的患者。真正的坚强是擦干眼泪后面对以后的生活。与你共勉。

梁雅书，花开了。春天快乐！

你的信，和代表着你一半工资的汇款单，是茫茫大海中的灯塔，是浩渺汪洋里的浮木，是枯寂黑暗中唯一的花火。

十八岁那年的夏天，我做了一件特别特别心狠的事情。

有一天晚上，再次喝醉酒的姨父大力地踢开我房门的时候，我用铅笔刀刺伤了他的胳膊，然后背着梁伟书带着一身的伤去了派出所报案。

人们用怪异的目光看着我，有同情，有怜悯，有厌恶。

我不怕。

在民警与法院的监督下，姨妈一家恶毒地咒骂着我，交出房产证离开了我们家。

那天我关上大门，将人们的议论纷纷隔在门外后，连走回椅子上的力气都没有了，就那么瘫倒在地上，紧紧抱着梁伟书，流出了父母去世后的第一行眼泪。

那天晚上，我楼上楼下、屋里屋外地换了锁，拔掉了电话线，把所有的灯都打开。隔着门拒绝了姨父的蛮横叫嚣与姨妈的假意讨好。

姨妈的报复是彻底毁了我的名声。

"我老公是本分的人，怎么会对那样的丫头片子下手？别看她年纪不大，心眼可不小。"

"三年前，我姐姐、姐夫死的时候外甥才两岁，我要是虐待他们，他们现在能长大吗？"

"你们就帮她说话吧。那丫头心狠，就是个白眼狼。"

"她要是个好惹的，能差点儿把她姨父的胳膊都给扎废了吗？"

我在这些流言里被指指点点，也因此申请到了贫困补助，免费上了高中。

我好想也给你写些什么，每次提起笔，我便又换成了功课。

我觉得自己要足够努力，才有给你写些什么的资格。

因为，偶尔在书里看到关于爱情的只言片语，我的心都会咯噔一下，想起了你。

3

我每天早上把梁伟书送到幼儿园后再去上学,下午的时候请假一节课去接他回家。

高中的功课很难,我中学缺课太多基础不好,又常常要请假,所以要跟上大家,就显得特别艰难。

你的信长了很多,讲了一些学习的技巧,还寄来了你高中三年的课堂笔记。足有半米高的一摞笔记本。

你在信里说,要考上医科大可不是一件容易的事,但只要足够勤奋,总不至于被功课难倒。

除了睡觉的时候,我连给梁伟书讲睡前故事的时候都在背功课。

我很勤奋了。

但是,我知道我离医科大的距离就像月亮与太阳的距离那般遥远。

在连老师都不怎么勤奋的三流高中里,我即使考了一个全校第一,也比不上省城重点高中里的一名普通学生。

更何况,我能考第一只是因为我自学了你那些课堂笔记。

你的笔记很有趣。

高一的时候,你的字横平竖直只能算整洁,空白处偶尔还加了漫画小人的批注。到高三的时候,字便显得圆润刚劲,笔风有力,空白处的批注也不再是漫画,而是一两个字的点睛。

读你的课堂笔记,就像读一个少年慢慢成长完美的过程。

我偶尔走神,想象你在写下这些笔记时的样子,好看的眉会扬起吗?唇角有没有因为公式的艰涩而抿紧?

我很想去看你一眼,只看一眼就好。

但小镇离省城有两百公里,用你的薪水生活,用你的薪水供梁伟书上学,再用你的薪水去满足自己的少女心,是不是太无耻?

我有无数蠢蠢欲动的心思,却没有拼命放肆的本事。

十九岁那年的夏天,我又做了一件被人指责的大事。

我要把房子卖掉。

那是临街祖宅,是祖父母留给我们父母的地,是父母努力奋斗才盖起来的房子,是我和弟弟的家。

姨妈首先跳出来骂我不肖,又煽动那些在我们姐弟落难时从不曾帮助的远房祖辈,骂我趁弟弟不懂事卖掉梁家的祖产。

一大堆人围在我家门前,要帮我们开"家庭会议"。

喧闹与推搡中,六岁的梁伟书忽然哇哇大叫,疯狂地哭叫起来,他扑向离他最近的姨妈张口就咬,咬得姨妈的手臂出了血,自己挨了耳光都不肯放开。我冲过去紧紧地抱着他,他转而咬向了我的手。

也许是姨妈肥白手臂上那个血淋淋的齿印终于提醒了人们,梁伟书其实并不是一个思维正常的孩子。

他有轻微自闭症,受刺激时会攻击人。尽管在我的照看下他一直好好的,但是并不妨碍在别人的思维里他是一个疯子。

人们在惊惧中慢慢地散开了,为了一间房子,接收一个随时会攻击人的疯孩子,谁也没有这么无私。

离开小镇的时候,我和梁伟书一人一个行李箱。我的行李箱里装着一所普通医科大学护理系的录取通知,梁伟书的行李箱里装着你寄给我的高中课堂笔记。过去三年,我每晚背着那些笔记哄他入睡,他常常安静地翻看它们,从不吵闹。

周栾,抱歉,你已成为我与梁伟书生命中不可磨灭的存在。

4

从长途汽车上下来,双脚踏上这座有你的城市的土地的时候,我的内心充满了对未知的忐忑不安。

房子被人刻意压价,只卖了三十万。

我先在学校附近的旧小区里花了二十万买了一间小小的房子。

第一个晚上,我打扫到半夜,把旧报纸铺在地上,垫上被子,告诉梁伟书,以后这就是我们的家。他没有说话,从行李箱里掏出你的笔记,让我给他读。

我关上灯,一条一条地给他背化学元素方程式,直到他入睡,直到自己也融入了这座城市的黑夜里。

来这城市的第二天,一大早我便去医院,挂了胸外科周栾医生的号。

13号,梁雅书。

听到护士叫号的时候,我的心脏腾地乱了好几拍,拉着梁伟书的手陡地攥紧,梁伟书感觉到了痛,瞪大眼睛看着我。

推开门的时候,我感觉自己在推开一座山。

中间的山山水水,艰难险阻,一瞬间从我的脑海里划过,仿佛已经过了生生世世,又仿佛,才刚刚开始。

"周医生，你好。"

我急急地问好，并且看也不看就按着梁伟书的头与我一起向座位深鞠躬的样子，一样很可笑吧？

我听到你呵的一声轻笑，就响在我的左边，然后听到了哗哗的水声。

你在洗手，并没有坐在座位上。

我抬起头，困窘地看着眉宇眼角都是温和的你，你的身形似有清减，但挺拔依旧。

有什么东西，像一把刀，再次将你的侧影，刻了我的心上。

"梁雅书？"你看了看挂号单，又看了看我，再看了看安静地站在我旁边的梁伟书，然后有些疑惑是叫出了我的名字。

我的心脏在这一刻仿佛连接上了你的声带，跟着它在战栗："嗯……呀……是……是我……周医生。"

我结结巴巴，几乎窘迫得想哭泣。

这两年，我一定变了许多吧？从不谙世事、胆小怯弱的小女孩，变成了状告姨妈一家卖掉父母留下的祖产的狠辣姑娘。

自卑像洪水一样弥漫过来，这样复杂的一个我，如何面对每月肯分一半薪水给只见过一面的陌生姐弟的单纯的你。

"我考上了大学，我卖了房子有了钱，你以后不用再给我们寄钱了，过去一直谢谢你的照顾，再见。"

我说出这句长长的话有用了十秒钟的时间吗？

大概没有吧。

因为我拉着梁伟书跑到楼下的时候，看了一眼时间，十点十二分三十九秒。护士叫号的时候，是十点十分十五秒。

我大口大口地呼吸，拉着梁伟书跑出大门的时候，好像听到楼上的窗户打开，有人在叫我的名字。

胸外科就在三楼，也许是你在叫我，但我没敢回头。

人生真的很神奇，我遇到你，就似一直独自在漆黑的夜里行走，前方忽然有路灯亮起。怕惊扰不敢太靠近，但是不管做什么，都忽然有了力气。

5

接下来的一年多，我忙着上课、打工、照顾梁伟书。

时间一直在逼着我向前跑，我有时候觉得，自己是在跑向有你的方向，这么想的时候，就不会觉得累。

我再次见到你，是因为梁伟书因为严重的胸膜炎连续高烧四十多摄氏度不退。

那天之前他就一直在发烧，吃了药，打了针好些了，就没有去医院。

没想到当天半夜，忽然就烧到昏迷了。

我背着他跑进了医院，我不知道那一天你正好值班，我满脸是泪地喊医生救救我弟弟的时候，不知道我这样狼狈的样子会被你看到。

我很少哭，但也许会失去梁伟书的恐惧袭击了我，我慌乱地流着眼泪在急救室外来回踱步。

我甚至来不及觉察给梁伟书做急救的医生就是你。只在听到需要手术的时候，两腿一软直接跌坐在了地上。

签下手术同意书之后，我才勉强找回了一点儿理智.

问护士手术费用的交费流程。

得到的回答是这样的："周医生已经交过了，你在这里等着就好。"

似乎，我在失措哭喊着快救救我弟弟的时候，你说："梁雅书，别急，告诉我怎么回事。"

似乎，我急切又快速像背书一样说出了梁伟书的症状以及用过的药之后，你还拍了拍我的肩膀，说："别怕，有我呢。"

回想起这些，吊在半空中颤抖的心似乎才慢慢地平静了些。

是，里面给梁伟书做手术的人是你。

因为是你，我不必太害怕。

似乎经过了漫长的几个世纪，手术中的灯终于熄灭，不知过了多久，穿着青色手术服的你走了出来，眉宇间的疲惫似有笑意："梁雅书，幸好你跑得快。"

我扁了扁嘴，想哭，又忍住了。

眼前这个气宇轩昂的你，又帮我救回了全世界，有什么好哭的？

你说："如果二十四小时内醒过来，就代表没事了，会慢慢恢复健康的。"

可是，四十八小时过去了，梁伟书仍在睡着。

你说："别急，要有耐心。他才十岁，人生还有很多种可能。"

两周之后，手术的伤口已经慢慢恢复，可梁伟书仍在沉睡。

你说："会诊的结果是，他有可能会成为植物人。"

你安慰我，十岁的小孩生命力很强，要怀着希望。

我坚持接梁伟书出院，你坚持要开车送我们回家。

梁伟书住院一个月,我没敢去打听你是否已经有了心爱的女孩子,是否已经结婚。

只知道有好几个护士好像很喜欢在你来查房的时候出现。还有一个年轻的女医生,常常跟着你,用一种爱慕的眼神看你,与你说话。

我很自卑,我甚至还在读护理课程,我甚至还没有考到护士资格证。

我拒绝了你要把梁伟书背上楼,不想让你看到除了两张床什么家具都没有的家。我知道自己贫穷,但自卑的我不想让你也知道。

"周医生,伟书的手术费用,我会慢慢还给你的。谢谢你。"

"不急。"

"谢谢。"

我挺直背,背着梁伟书上楼。

他真的好重,但没有他,我就没有了家人。

我能感觉到,你目送我们的眼神里有歉疚。

其实我也知道,梁伟书的情况与你的手术无关,我却自私地不肯开口安慰,怕我说不关你的事你不必挂怀,你就真的再也不挂怀。

这些日子,天天见到你,我忽然就变得贪心了。还是想多见到你,哪怕就在你的身边待一会儿,什么也不说,只是在有你的地方待一会儿,就好。

6

梁伟书昏迷了很久。

你第一次来看他时,我打开门一脸无措,我不知道要如何掩饰除了摆在地上的书之外什么都没有的窄小客厅。

你拿起床边已经被翻到烂边儿的课堂笔记问我:"这是,我给你寄的那些笔记?"

"是。我弟弟很喜欢。"

"他能听懂?"

"他会背。"

不但会背,只上过幼儿园的梁伟书还会写,虽然字写得不好看,但公式与字没有一个是错的。

"梁雅书,你的弟弟说不定是个天才哦。"你说这句话时,眉目弯了起来,闪着别样的光。

第二天,你带来了你读医科大学的课堂笔记,比高中时的笔记要多一倍,你把那些笔记放在梁伟书的床边,对昏迷不醒的他说:"梁伟书同学,医科大的笔记有大量的图解,你要是不醒来自己看,是没人能给你读明白的。"

第一次给梁伟书读那些医学专业的笔记的时候,梁伟书毫无反应,体温降低了一摄氏度。我换回高中笔记,他的体温才又恢复了正常。

你说:"梁雅书,这说明他能感受到。是好事。"

那天,你给梁伟书读了两个小时笔记。

晚餐我做了面条,你吃了半碗,忽然说:"梁雅书,你是不是一直都不吃盐呀?"

面条忘记放盐了,可因为你在我这里,我紧张得没吃出来。

你挽起袖子,坚持去狭小的厨房里自己做。

你是一名优秀的医生,做饭竟也很熟练。你穿着一件米白色的上衣,整个人几乎都在微微地发着光。

周栾呀,你可知道,你是我这一段漫长夜路尽头的一点光。

7

照顾好梁伟书带来的好处是,我的护理系课程全优毕业,我拿到了护士资格证,也得到了进医院工作的机会。

我穿上正式的粉白色护士服上班的那天早上,从更衣室出来,看到你站在走廊边上,唇角带笑,眼神有些深不可测:"梁雅书,恭喜你第一天上班。"

"谢谢。"我不知道你为何会站在这里,只知道你潇洒地挥手说再见的背影,像一棵在春风里欢快地歌唱着的树。

同事里有不少未婚的姑娘,从她们那里,我听到过不少关于你的消息。

"全医院谁不知道周医生长得帅、人品好,而且单身的、不花心的就只剩他一个了。"

"儿科的罗医生不是在追周医生吗?听说已经在交往了?"

"听说和胸外科的护士长订婚了呢。"

"都是假的。周医生一直都单身。"

"周医生今年快三十岁了吧?为何还单身?"

"大概是因为事业吧。周医生现在是最年轻的胸外科专家呢。"

关注你的人好多,我起初,被那些似是而非的消息击中,心脏隐约作痛。

后来,慢慢就习惯了。

你喜欢谁,和谁交往,那又怎样?

我还能这样静悄悄地喜欢你,还能偶尔与你不期而遇,还能与你做同事,就好。

更何况，你偶尔会主动对我说："梁伟书同学最近怎样？我想去看看他。"

梁伟书在我来医院上班的第二个月，在我第五次给他读你的医科大的笔记时，忽然睁开眼睛醒了过来，他对我说的第一句话是："姐，我要看图解。"

当时你在厨房给我们做饭，拿着锅铲就跑了过来，一脸的兴奋与惊奇："嗨，梁伟书同学，你一直能听到我们说的话对不对？"

无端地觉得你穿着白衬衣拿着锅铲的样子，与你穿着白大褂拿着手术刀救人的样子，毫无二致，同样帅气。

命运对我有所眷顾，我偶尔会希望时光静止，你我都不再往前走，我能永远这样看着你。

8

梁伟书醒来之后，虽然仍然不太爱与人交流，但他的情况好了很多。

他有时候显得什么也不懂，但是很会读书。

"哇哦，梁伟书好样的，现在我已经考不住你了，我要请你吃饭！"你看起来真的特别的高兴。

相比起来，梁伟书稚嫩的脸上似乎更加成熟一些："就不让你破费了，听说我们还欠你一大笔钱。"

"梁雅书，不要把大人之间的事情告诉小朋友，好吗？"你假装瞪我，眉目间的笑意却浓得化不开，刹那间我似乎看到了爱意，但我摇头把那念头晃开。

彼时，我已经调到胸外科主手术室做护士，与你是搭档。

我了解你的所有习惯，喜欢吃的食物、喜欢听的音乐，洗手的时间与步骤，拿手术刀的顺序与姿势，你每一个习惯的时间我能精确到秒，每一个姿势的习惯我能准确到度。

同事们都笑说："梁护士来了之后，就像是周医生的分身一样默契呀。"

你也笑："就是呢，梁雅书，你是专门训练过给我当助手的吗？"

"也许呀。"我低头假装忙，不敢让人看到自己的眼神。我怕让人知道我喜欢你的事，便再保不住此时这些能安静待在你身边的时刻。

那天深夜，在连续几台手术后，你累得直接躺在手术室的地上睡着了。

我轻轻地坐在你旁边的地上，看着你疲惫却放松的眉眼，觉得给我全世界让我将此刻交换，我都不愿意。

三十分钟后你醒了，我假装在收拾东西："周医生你醒了，朱医生已经来了，你回家休息吧。"

"梁雅书，你也连续跟了三台手术，一起走吧，我请你吃夜宵。"

"好。"

"梁雅书，我发现你最近经常笑了。"

是。因为你，我才发现了这个世界的美好。

9

那个因为第二次心脏病手术失败而失去妻子的男人拿着水果刀冲过来的时候，我们站在医院门口对面的粥店里，你问我要吃哪一种。我看向上方的招牌，恰巧看到了那把闪着寒光的刀。

我真笨，推开你时，自己也应该躲一躲。哪怕躲一点都好，那样刀就不会正好刺伤了我的心脏。

刀刺伤心脏的感觉痛吗？

痛。

但一定不会比刺入你身上的痛更痛。

"梁雅书！"我从来没有听过你用那样惊慌刺痛的声音叫我的名字。你的声音总是温和的，充满笑意的，像温暖的春日阳光。

从不曾这样凛冽痛楚。

那么，是否意味着我在你心里不太一样？

听说，朱医生给我做手术的时候，整整四个小时，你站在手术室门外一动都没有动。

最后朱医生做完手术走出去的时候，伸出一根手指碰了你一下，你僵硬得直接倒在了地上。

这时的梁伟书已经长到你的肩膀高了，他接住了你，将你扶到旁边的椅子上的时候，都能听到你的骨骼因为紧张得太久而咯咯作响。

你对梁伟书说："好险。梁伟书，你以后有了喜欢的人，不要顾忌太多，一定要及早说，否则指不定什么时候有个意外，就错过了。"

我半梦半醒时，听到你说："梁雅书，如果你愿意，这一生陪我走一段吧。"

但是，医生，我希望能陪你走一生。

10

周奕，遇到你之前，世界亮过又暗了。

我几乎见过所有的黑暗与丑恶。

遇见你之后，不管发生了什么，前方永远有了一点光。

原来，这世界上，真的有那么一个人，你只要想起他，心里就会开满花。

风决定要走，云怎么挽留

从不后悔这样喜欢你，从过去、现在到以后，因为喜欢上了明朗而又美好的你，我告诫自己，也要不断地努力成为一个优秀的人。

1

二零一一年的九月三日,上海复旦大学的一棵香樟树下,我一手拿着报到材料,一手拖着行李箱,一如十年前一样。只是,我的胳膊壮了些,不及当年细瘦。

我截住路过的你,问你研究生宿舍楼怎么走。初秋的阳光在你浓淡相宜的眉上舒展,你眯起好看的眼看着我,然后忽然扬起嘴角微笑,你向左微微偏头,用你明亮的眼睛看向我的右手臂,然后你似确定了什么,微笑着对我说:"嗨,梅若男,好久不见。"

有风带着淡淡的海的咸味轻轻吹过,我想装作幡然醒悟认得你的样子,但我装不出来,我喃喃半晌,才说:"啊,周枳南,好久不见。"

"我带你过去。"你的声音成熟了些,不会太高昂,也不至于太低沉,如同你的人,有一种阳光漫漫的明亮感,"你留了长发呢,这次我可得长记性,不能把你带到男生宿舍了。"

你伸手接过我的行李箱,动作熟练仿佛我们是相处多年的朋友。我离你一步之遥跟在你的身后。

你说没想到会在这里与我重逢,你问我考的是不是是你的专业,我摇头说不是。

其实不是我不想考你的专业,而是能力有限无法考上。我能考上这所学校的研究生,已是我智商能到达的极限。

此情此景,已在我的心里重复千万次,我听到我的心温柔而满足地在跳动的声音,终于与你如此之近,我幸福得无以复加。

阳光与风都如此温柔和煦,我决定,还是不告诉你,为了这一次的久别重逢,我蓄谋已久。

2

我们认识,已是第十年。

二零零一年的七月,太阳淬火一样毒。

我爸在我妈的哀求下,才勉强同意花钱给我找一所好一点儿的中学读书。

母亲是柔软而洁白的云朵,而父亲是狂暴的风。云朵在极力卑微地讨好,试图让风停留。

我不喜欢这样的家庭生活,所以,在走读与寄宿之间,我罔顾母亲的眼泪,毫不犹豫地选择了寄宿。

父亲的牧马人越野车风一样在校门口停下的时候,他没有打算陪我进学校,而我也没有妄想挽留。父亲把车开走后，我发现外套落在车上了，我看了一眼自己的右手臂，心想，那件外套可能会给我带来什么不幸，却又想，再不幸，还能怎样。

后来，我庆幸那天没有穿长袖外套，因而令你对我印象深刻到十年不见，仍能准确叫出我的名字。

我一手提着行李箱，一手提着棉被枕头，半拖着走进校门寻找宿舍。

那时候我瘦得就像一只猴子，提着行李箱和棉被的手青筋暴跳，这让我看起来像个男孩。

"要帮忙吗？宿舍这边走。"对我说话的你，声线明朗，眉目都带着暧而亮的笑意，穿着灰蓝的校服，竟也风姿卓然。

那时我还不知道，你虽与我同岁，却因为优秀出众，已读初二。你是学校里最好的优等生，没有之一。

周枳南，真庆幸那时候我的短发与黑瘦似一个男生，所以你才会因为错把我带到了男生宿舍，而记得我叫梅若男。

3

到上海的第一个周末。你在教室外的走廊叫住我："梅若男，今天我生日，请你吃饭可好？"

当然好。

我以为是约会，隆重地去买了新衣裳，那件白色的抹胸裙我穿上真是美极了，唯一的不足是，它不能够遮掩我右手臂上的那只老鹰文身。卖裙子的姑娘在刷掉了我一个学期的生活费时说："有什么关系？这只老鹰文得精致夺目，正好是装饰。"

像灰姑娘赴王子的约会那般赶到了约好的餐厅，才发现，其实是一个长桌派对。人很多，还有好多个外国人，而我只认识你。你对你的朋友是这样介绍我的："中学校友，梅若男。"

大家围着餐巾，拿着刀叉，喝着葡萄酒，吃着一道又一道上来的精致料理，就像欧美电影里的那些聚会一样，中英文交杂地聊着天。我靠死记硬背才考上的研究生，英文听读能力都很一般。我只能安静而又尴尬地坐着，看着你爽朗地笑，偶尔说几个我虽然听得懂却完全不了解是什么的专业名词。我微笑地看着你，悲伤却蓄满了胸臆：有颗明亮的星，就在离我不远的地方闪闪地散发着迷人的光芒。我无法将他占有，也无法站在离他最近的地方。

"嗨，你竟然在手臂上文了这么大一个文身。"坐在我身边的，是一个高个儿的长发女孩，她穿了一件雪纺衣，浑身肌肤胜雪，毫无瑕疵。

她说得很夸张很大声，于是，长桌上的人几乎都注意到了我右手臂上的文身。

我束手无措地发呆，就像十年前一样。

4

因为这个老鹰文身，我在十年前开学的第一天，就成了学校里的异类。

开学典礼，校长让所有的老师开始检查一千多名新生的仪容仪表，男老师们拿着电推子，女老师们拿着剪子，男生不是短发，推。女生不是齐耳发，剪。染发，男女一律剃光头。电子游戏产品、戒指项链等一律收缴。

同学们都被一个一个地检查，整个操场一片沉默，偶尔有低声的哀号。

人一个一个地走了，最后，我被孤零零地留在操场上，等待校长的最终裁决。因为老师们不知道应该拿我手臂上那只凶残的老鹰文身怎么办。

我手足无措地站在九月的烈日下，有一点点脱水。脑子在想象校长给我父亲打电话的时候，会是怎样震怒的表情。

我在烈日下从早上站到了中午，口干舌燥又百无聊赖。没人来告诉我要怎么处理我，我也不知道如果我私自走开了要去哪儿。

所幸，你来了。像春雨拯救了万物，像骑士拯救了孤零。

你们班在上体育课，几乎所有人都在用看猴子一样的眼神看着我，只有你，对老师说了句什么，然后去小卖部买了一瓶水，跑过来递给我。

你说："喝点儿水吧，别难过。我们学校就是注重这个，校长认为只有这样升学率才会高。"

我不难过，就在你把那瓶水递给我的瞬间，我的世界成了四月繁花已满的春天，已经好到不能再好。

5

此刻，我再次因为右手臂上的老鹰文身，成了大家所瞩目的焦点。我尴尬而无措地看着他们，而他们好奇而又惊讶地看着我，仿佛我是从哪里跳出来的小怪物，扰乱了他们世界里的宁静。

"我们这里的人，没有一个有文身的。"长发女生又说，"别说是我们了，就是周枳楠教书的大学里，大概也不会有人会这么大胆，在手臂上文一个这么大的文身。"

"嗨，你是做什么的？有这么大的一个文身！"另一个女生也好奇地问。

我看向你，你站在离我们一个玻璃橱窗之隔的路边打电话，你在笑，专注又温柔。我用眼神期望你来拯救我，可你看到了我的眼神，也只是对我扬扬手，示意你打完电话很快就来。

"嗨，说一说吧。我们尊重你的生活方式，只是觉得很好奇。我没有见过你这样的女孩。"

"我这样的，是什么样的女孩？"我的语气阴冷，连我自己都吓了一跳。没有你在身边，我又竖起了浑身的刺保护自己，"你的意思是我是流氓才会有这样的文身吗？"

在我用极其不友好的语气说出那些尖利而冷硬的话的时候，我在心里闪过"我是不是不应该这样对待他的朋友"的念头，也闪过"我会否令他扫兴"这样的想法。

当刺猬感觉到危险的时候，永远是在竖起全身的刺的同时，选择逃跑。

我在他们错愕而尴尬的沉默里起身离开，就像当初与你一面之后，我离你越来越远一样。

6

其实，我只和你做了一个月的真正的校友。

校长与父亲的谈判结果是：一年四季我都必须穿长袖的衣服。但凡有半点儿违纪行为必须立即自动退学。

听说为了不要我去他们的班级，各班班主任都争得头破血流。最后我倒霉的班主任刘老师抽到了我，他哭丧着那张倒霉脸对我说："我对你没有其他要求，只要不给我惹事就行。"

我一开始，真的不想惹事，我只想安安静静地待到毕业，如果可以，安安静静地远远地多看你几次。

第一天的晚自习课，为了激励我们好好学习，老师让我们看了全国数学竞赛的颁奖视频。你作为少年组的第一名出镜了，主持人叫你谈学习经验，你却说自己考第一是因为老师们出的题目都刚巧是你会做的，所以你要谢谢出题的老师们。

在满场的愕然与笑声中，你的笑容糅合着狡黠与真诚，整个人都似在发光。

是呀，在那时，你就已经是一个行走在哪里都能闪闪发光的少年了。

我找了初二的数学课本，不管讲台上老师在讲什么课，我都在看它。我只是想了解一下，你喜欢并且擅长的东西是什么。

语文老师是一个严厉的中年女人，她发现了我在她的课上看数学课本，小题大做地把我拎到了班主任办公室,班主任正巴不得甩掉我,他对我说:"退学吧。"

我是百般不愿的,但我越是不愿,便越被认为是违纪不受教,最后只能无可奈何地退学。

那时候我还不知道,你已扬帆远航,而我则失去了舵向,随着水流在与你相反的方向漂游。

7

你在一棵榕树下等我,穿了卡其色的裤子与灰色的T恤,你看起来就像一个年轻而又俊雅的大四学长,一点儿也不像这学校里教着最难的专业、学历最高也最年轻的教授。

你伸手摸了摸自己的后脑勺,以表达你的不好意思。你说,你的朋友们告诉你,因为他们对我文身的好奇,惹我生气了。你说,非常抱歉。

我没想到你会因为这样小的事情来专门向我道歉而过于震惊,导致脸部的肌肉僵硬,无法给你一个柔和的表情。你有些急,你解释说都怪你事先没有考虑周到,我与你的朋友们并不相识却要我一起参加聚会。你说:"我只是觉得你初到这个城市,太过孤单了。"

你还说,你的朋友们为了想向我道歉,想再次请我去参加聚会。你看我仍没有反应,又说我不想去也没有关系。

我想去。只要有你在的场合,我都想去。

你知不知道,为了减少在你与你的朋友面前的自卑,这一个多月里,我每天都在练习英语口语。

那天我们骑着自行车去参加聚会,路上你说着留学时的趣事。路上的风景无限美,因为有你,上海从那天开始成了世界上最美不胜收的城市。

那次聚会很开心,虽然我仍不能插得上话,虽然仍听不懂你们嘴里偶尔蹦出的专业名词,但是我幸福于你竟然注重我的感受。我甚至,在你们提起我的"特别的文身"的时候,第一次放下了我的心之防线,讲了关于我的老鹰文身的故事。

8

十年前,你是第一个说我手臂上的老鹰文身特别的人。

那天你把我带到男生宿舍,把我的铺盖甩上架床时,宽大的T恤无法完全遮住整个上胳膊,你"咦"了一声,说:"嗨,你的文身很特别呀"。

它是特别的。我对它，爱恨交加，既厌恶，又无法逃避。

它最开始只是一个胎记。七岁那年，有个相士对父亲说他多年不顺是因为我这个胎记压着他，在一次醉酒之后，他用烧红的铁烙在了这块胎记上。那个烙痕好了之后非常难看，相士又叫他带我去文成一只老鹰，说，老鹰可助他飞。

我痛不痛？痛呀，烧红的铁烙在皮肤上，染了青的针刺入了皮肤里，不痛死算我命大了。

痛的时候我发誓，我这一生最恨的就是相士，胡说八道、罔顾人伦残害小孩。

说来也奇怪，那只老鹰文上我的右手臂之后，父亲承包的几座山就发现了矿。然后，连我的母亲也信了。我一直觉得读书没用，我母亲读再多的书，当她成为卑微的家庭主妇后，连相士的话都会信。

因为老鹰文身退学之后，父亲把我送入一所贵族中学，那里大都是我这样心怀读书无用论，一心只想混几年，再花家里的钱出国玩的孩子们。

我在那个每月全封闭式教学的学校里苦苦浪费着我最好的时光，其他孩子们因为我手臂上的老鹰而畏惧我、孤立我、欺侮我。

我身上的刺长了一层又一层，当它们层层展开以保护自己时，连我自己都会被刺痛。

9

我知道，我右手臂上的老鹰文身会伴随我的一生。我曾经试图去洗掉它，但忍过洗文身的工序之后，它反而更逼真了。它不想离开我，就像它给我家带来的财富、困惑与痛苦一样，它死死地咬住了我。

这十年来，我渐渐学会了接受它，所以我对它并不会很刻意地遮掩。它是我的标志，会让你在十年之后我们再次见面时，准确地叫出我的名字。

那次聚会之后，我忽然发现有同学们三三两两地指着我窃窃私语。我并不是性格明朗的人，没有办法很快交到朋友。我察觉到了他们在议论我，而我却不知道他们为了什么在议论我。

之后，一个名为"鹰文身女孩"的帖子开始在校论坛上引发了讨论，他们得出的结论是，我是黑道组织的成员。最后他们都说：哇，太厉害了，流氓组织都有人来读研究生了。

我桌子上的书被人撕烂，我的床铺上被人淋了水。有个女孩在楼道里拦住我说："我们是法治国家，这里是法治校园，你让我们害怕，请赶紧退学吧。"

我独自走在校园里，有若惊弓之鸟。

那段沸沸扬扬的时间里，整个校园都没有你，直到我真的因为文身而被叫到了学生处，被老师询问同学们的流言是真假的时候，你才忽然出现："我能保证她不是黑社会。"

你是学校里最年轻的教授，你说你曾与我是中学校友，你说，我的文身只不过是为了掩饰一个难看的胎记。你最后微笑着说："每个女孩子都有追求美的权利。"

他们相信了你，放过了我。

你是故意的吗？来得那么迟，却又那么恰到好处。

10

我第一次说了"谢谢你"。你笑着说"不客气"。

我并没有问你这段时间去了哪儿，你却主动告诉我说，你去了加拿大。然后，你有点儿不好意思地笑了笑，加了一句："我女朋友说非常想念我，所以休了两周假期去看她。"

我过了好久好久，才回了你一句："哦，是这样。"

我几近踉跄地逃走，似一缕游魂般走回了宿舍。

这种感觉并不陌生，身体轻飘飘的，仿佛无法承载内心疯狂地翻腾的情感的重量，那里有不甘，有痛楚，有酸涩，有绝望，又有希望。

就像我在十四岁那年春天一样。

每次放假，好不容易从那个压抑的贵族中学里出来后，我第一时间都会去我只上过一个月学的学校，试图从灰蓝色的学生群中，远远地看到发着光的你。

六个月之中，我只见过你两次。一次你和一个男生说着什么高兴的事情，笑得明朗无比。另一次，你似乎急着要做什么，跑得飞快，转眼便只剩下背影。

最后一次，只见到了你的名字。一条鲜红色的大横幅挂在校门口上，写着"祝贺我校周枳南同学考上西安交大少年班"。

那一刻的我，就似此刻的我一般，几近踉跄地走回了家。

你有女朋友了这件事，对我的打击其实并不大，我知道你比我优秀太多太多，而比我优秀的女孩更多，会有优秀的女孩喜欢并与你在一起，这是我意料中的事。

只是，你的女友在加拿大，就意味着你将有可能会去加拿大生活。加拿大对于上海，就似当年西安交大对于在一个私立中学里混日子的我那般遥远。

11

你必定不知道,这十年来,我为了走到这里,经过了怎样的艰辛。

在你的眼里,我不过是你的一个旧识,因为一个文身而被你记住了名字的校友。也许,你甚至不知道我只做了你一个月的校友便被逼退了学。你当然也不可能了解,世界上怎么还会有我这样固执到奇怪的人,因为一瓶水那样简单的友好,因为一句不含歧视的话语,便会坠入痴恋的海永生为鱼。

我也不能理解我自己。

十年前,得知你去了西安后,我心里忽然有一种无比迫切的念头,渴望做一些什么能够与你接近的事情。父亲再有钱,也不可能把我送到西安交大去。我只能靠自己。可过去十四年里,我荒废了太多时间,即使我每天都在补习,但是英语从ABC学起,数学从简单应用题学起,语文从古诗背起,真的需要忍耐很多很多的枯燥与痛苦。我并不算聪慧,只能凭借努力一点儿一点儿向前走。我总会梦到一条很长很长的路,我的两条腿却似灌了铅一般,需要很用力很用力才能挪动一步。我很累却舍不得放弃,因为你是孤独夜路尽头的光。

我终于考上高中,又考上了西安一所普通大学。我想的是,虽然不是西安交大,但是我可以去西安交大见你呀。可是,我到了西安才知道,前一年,你就已经去了多伦多大学读博士,我上大学的第二年,你又去了剑桥读博士后。

其实我应该庆幸你是这样出色的人不是吗?因为你的出色,即使我无法跟随你,也能轻易打听到你的消息。

所以,知道你回国在复旦教书的第一天,我就去查询怎样报考复旦的研究生。

我很想自豪地站在你面前告诉你:"周枳南,我,梅若男,是一个愿意不断吃苦不断努力,只想走到你身边并且终于来到你身边的女孩,我很喜欢你,你能喜欢我吗?"

可如同过去的十年一样,我什么也没有说。

我怕我说了,你我便再不能似如今这般,由旧年校友,慢慢地变成了朋友。

你能告诉我你去看望你的女友,真好。真的,我感觉又幸福又悲伤,幸福于你把我当成了朋友,悲伤于,你已经有女友。

12

我艰难地调整自己,进入你的朋友圈子。我和你们一起聚会,骑自行车,远足和郊游。我努力地记住你们说过的一些专业名词,试图背下它们所代表的意义,为的只是在听你们聊天时,不那么呆若木鸡。

风决定要走,云怎么挽留

偶尔你们会聊起你的女友，你形容她是一个"可爱又聪明的女孩"，也会说起你的计划：你与学校只有三年的工作合同，为了女友，你以后会远赴加大拿。大家笑着祝福你。我也笑，然后抬手，悄悄地抹掉了眼角的泪。

我知道你最终会远走。我一直知道。你不是文在我右臂上的老鹰，你必定会远走高飞，生活于我难以触及的高山上。

我的伤感在于，我大概再没有机会如此刻这般，以你朋友的身份，看得见你的微笑，听得到你的声音，安静地坐在某一隅，听你与朋友谈笑风生。

我告诉了你们关于我手臂上的老鹰的前半个故事，但我没有说它的下半个故事，大三那年秋天，父亲的矿厂出了重大事故，父亲身败名裂之余，心脏病发离世，垂危时嘱咐母亲，一定要带我去把老鹰文身洗掉，说，富贵生死皆因人而起，女孩子有那样显眼的文身，不容易有幸福的下半生。可是，那个老鹰文得太早太深刻，洗不掉了。

如今还完债务，我与母亲简单生活，虽不至困苦，但也没有自费出国留学的能力。

我不知道该用什么样的方式，用什么样的努力，才能再次走到你的身边。

这令我悲伤而绝望。

你走之前的最后一次聚会，我一直沉默着，用耳朵贪婪地聆听你的声音，用眼睛贪婪地记住你的笑脸。

一起走回学校的路上，海风微醺，你也微醺。

你问我："若男，你失恋了吗？你看起来很伤心。"

我摇头，说没有。

你不信，你说："不要伤心，你是好女孩，会有好男孩在前面等着你。"

我不知道你是否看穿了什么，我含着眼泪对你微笑，我说："嗯，我知道。他在等着我。"

13

你走的那天，我没有去送行。因为我怕我会泪如雨下，被你再次看出端倪。

我如果是云朵，你便是我的风。风决定要走，云决定不留，只是跟着他的痕迹，永远漂游。

我开始拼命地学外语，找工作面试的时候，只去选择与加拿大有关系的公司。从不后悔那些疲惫无比却夜读到天明的时光，它们没有辜负我，终于有经常飞往加拿大出差机会的公司向我抛出了橄榄枝。

第一次去加拿大前夜，我竟没出息地辗转难眠，我能倒着背出你在多伦多的住址与联系方式，却仍用心地抄了好几份，放在口袋与行李箱里。

我想与你重聚，想告诉你很多事，想告诉你我不再惧怕露出我右臂上的鹰文身，它对于那些认同于我的专业知识与努力的人来说，只是个性的象征。我还想告诉你，我非常非常地想念你。

秋天的多伦多美若天堂，你穿了一件米白的外套踩着火红的枫叶向我跑过来，你高兴得竟给了我一个拥抱，你说："嗨，梅若男，你变了！变得非常漂亮。"

有欢喜与悲伤在我的心里涌动，它们千头万绪，它们横冲直撞，它们不管不顾又无法突围。

你请我去你家做客，因为心里涌动着的急切与贪婪，我答应了。

在路上，你说，你在一家研究所工作，有时候会去美国，但去的时候都会带着你的妻子与孩子，因为你不想与他们分离。你说你的大女儿，美丽得像天使。你还将很快成为一个男孩的父亲。

幸福满满地在你的眼眸里装着，我多想掬一滴只属于我放在心里珍藏。

"真高兴你能来看我们。"你这样说，你的笑脸美好又明朗，似普照世人的阳光。

我似这阳光下的一株植物，因你的照耀，我慢慢地长高长大，并且开出花来。现在，我试图吸引你的目光。

可是，这一刻我发现，这个念头毫无意义，而又可怕无比。若我成了你幸福里的刺，又怎算是真爱你？

我借着母亲打来的问候电话之机，说公司还有事，很抱歉不能到你们家做客。你很遗憾地告诉我，你的妻子很期待来自中国的朋友。

我说："很抱歉，下次我一定去。"

你很遗憾地说："好。"

你不知道，我已决定再不会去。

14

后来，我去过很多次多伦多，你的联系方式仍在我的脑海里，如文身般成为了不能磨灭的印记。但是，我一次也没有去找过你。

准确一点儿说的话，是我没有去找过你见面。我每一次，都去看你了。很多次在你的研究所外某一处不起眼的地方，安静地等一天，只为了看你一边对电话说着"亲爱的，我现在回家"，一边迈着奔向幸福的脚步走过。也曾在你家附近的公园，看到你与你的妻子十指紧扣相视而笑，看着你和你们天使一般的孩子们在草地上奔跑嬉戏。

想你的时候，抬头微笑

　　我不知道我为什么这样喜欢你，但我知道，你就是我不去喜欢别人的理由。从不后悔这样喜欢你，从过去、现在到以后，因为喜欢上了明朗而又美好的你，我告诫自己，也要不断地努力成为一个优秀的人。

　　我做到了。而时常令我于梦中泪湿枕巾的，是我拼命努力的最终，仍没能站在你的身边。

　　所以，请原谅当我远远地站在你看不见的角落里偷望你时，那些惆怅满怀的眼神。

愿所有**星星**
都对你**微笑**

如果可以选择，我也想住在一颗星星上面，每天在那里看着地球微笑。这样，当你夜晚仰望星空的时候，就会像看到所有的星星都在微笑一样。

1

第一次见到你的那天，刚下了一场台风过后的暴雨。

佛山的街道排水系统总是出状况，我们家门前那条巷子在暴雨后再次成了一条小河。

我听说水里有鱼，挽起裤脚拿着网兜就往水里跳，还真给我抓到了一条。

正兴奋得哇哇大叫时，忽然发现了站在邻居家门口的你。

雨势已式微，你穿了一件浅蓝色的T恤，撑着一把蓝色的雨伞，你的头发黑得像墨，但你的眼睛，比那把蓝色的雨伞还要蓝。

我从没见过那样漂亮的眼睛——比宝石透明清澈，又比星星要闪耀明亮。

而且，它是蓝色的。

十四岁的我，是梁家的小女儿，是从三岁就开始扎马步、练家传咏春拳的壮小妞，是没心没肺下着大雨都敢像男孩一样跳到水里抓鱼的野丫头。

我看到喜欢的东西从来不会扭捏，就像知道水里有鱼我想也不想就跳下去一样，我看到了你漂亮的眼睛，于是浑身湿漉漉地靠近："喂，你就是陆爷那个美国孙子吗？"

我的样子一定吓到你了吧？你湛蓝的眼睛里闪过的惊愕是多么明显。

只是我不懂，还万分得意地把手里抓到的那条鱼向你扬了扬："喂，要来一起抓鱼不？"

你摇了摇头，说："No。"

我愣了一秒，才反应过来，你拒绝了。但我并没有觉得不开心，只是心里冒出一个念头：哎呀，原来竟然有人能把英语说得这么好听呀。

你的声音，是一种我从来没有听到过的温柔。

2

晚饭的时候，母亲炖了我抓到的鱼，我就着鱼汁吃了两碗饭，忽然想起了你，丢下碗便跑到邻居家拍门："陆爷陆爷！我是梁芳草，我来找你下棋玩儿！"

陆爷是一位瘦高个儿老头儿，除了有点儿重男轻女的思想外，他其实挺喜欢我的。所以呢，我知道他的儿子娶了一个洋妞，而且有一个一直住在美国的孙子的事情。

陆爷挺寂寞，人又古怪，若非我这样大大咧咧的性格，估计谁都受不了他。

谁知来开门的竟是你。

你之所以出现，是因为陆爷摔断了腿，心脏好像也出了些问题，要做大手术，但是陆爷不肯去美国，所以，你和你父亲只能回来了。

现在想想，你当时大概在努力地适应国内的生活，但一切都陌生而艰难，你并不开心。

只可惜，当时的我，心性还只是爱闹爱笑的孩子，还不是现今这个心细如发的女子。

再一次近距离看你的蓝眼睛,我差点儿失神得要伸手去摸一摸,像电视里最美的风景湖泊,像图片里最美的蓝宝石一样,太美了。

"爷爷在屋里。"你的粤语说得也还可以,虽然有点怪怪的,但是我莫名地觉得你说得很好听。

"我是梁芳草。"我十分大方地自我介绍。我本来跑过来也只是想认识你,与你说话,并不是要下什么棋。

"Sam,oh,no,长亭。陆长亭。"你先说了你的英文名,随后又更正成了你的中文名。但不管是哪一个,听在我的耳朵里,都好好听。

其实,世界上根本没有那么多好听的语言,都是因为喜欢那个人,所以他说的每一个字,你都觉得饱含着温柔与善意。

第三次去找你,我拿着录音机。刚拍开门,我就按下了播放键:长亭外,古道边,芳草碧连天……

录音机被我调到了最大声,我兴奋得忽略了你微微锁起又礼貌地放松的眉,很开心地对你介绍令我兴奋的原因:"听到没?就是这首歌!有我的名字和你的名字耶!长亭!芳草!陆长亭!梁芳草!听到没?"

好一会儿,我才看到你的笑脸,你说:"真的呢,这首歌里,有我们的名字。"

我太兴奋了,根本看不出你的敷衍。以我那时候的智商,也并不知道你虽然跟着你的父亲学了广东话,但你的母语是英语,你根本就听不懂那首用普通话唱的《送别》,更无法理解长亭外芳草连天的意境。

你笑,不过是一种礼貌,一种对邻居家无知单纯的小妹妹无可奈何的迁就与敷衍。

但我多么自以为是,为自己的名字和你的名字巧合地出现在同一首歌里而兴奋莫名,从此视你为世间独一无二、只此一位的知己。

大夏天的,我带着你跑了六条街去买一只陆爷爱吃的烧鹅,缠着你要教你梁家家传的正宗咏春拳,吹着牛把咏春拳的故事说得天地动容、可泣鬼神。

你大概从来没有见过这么不懂矜持的少女吧,那时候还没有开始发育、像个假小子的我,热情主动的样子大概也让你想起了某些小伙伴,总之,你接受我的自动自觉,我们成了朋友。

是如何沉溺的呢?你只是简单的一个笑容,便像一个无比巨大的诱惑,令我无法抵挡。

3

每次你见到我,都会笑着问:"嗨,芳草,今天有什么好玩儿的?"然后我就会像打了鸡血一样,功也不练了,作业也不写了,带着你满佛山地找好吃的,斗蛐蛐儿,去看黄飞鸿的电影,还到别的武馆去偷师。

我壮得像个小男孩,大大咧咧爱玩爱跳,跟我的名字完全不搭边儿。倒是你,虽然是个美国人,但黑发碧眼,长身玉立又性格温雅,倒有几分陌上人如玉,公子世无双的意味。

自卑是哪一天袭击我的呢……有天我们出去玩,在一间庙里烧香,正逢十五,人很多。你手机响了,你在我身旁用很好听的英文接电话时,湛蓝的眼睛里似有火花跳跃,柔情似水而又温暖动人。

我听不懂英文,但又很好奇,悄悄地把陪母亲来烧香的二姐拉过来,让成绩很好的她给我翻译你的话。

你说:这里超级无聊,但是我现在还不能回去。这里没有漂亮女孩,我一直在和爷爷邻居家的小孩子在玩。她像个小男孩。

二姐一句一句地翻译,她的声音很机械,但是那些话还是生硬地打在我的心上,我觉得有什么东西碎裂了,有点儿麻,有点儿痛,但又不知道为什么会这样难受。

很久之后,我回想起当时自己都不明白的感受,大概就是,你无意中掉落了一片树叶,我不但视若珍宝捡起来珍藏,还把它当成了一片树林栖息。

你一直生活在美国,有你自己的朋友和你自己的生活,你想考纽约的大学,但是你的父母刚刚离婚,你父亲决定回国工作,以便陪伴你爷爷,你也不得不跟随父亲回来照顾爷爷。你并不喜欢中国,也不喜欢佛山。

这些你没有告诉过我。

是我自己后来慢慢明白的。

整个夏天陆爷都在养他的脚伤,你很无聊,唯一的乐趣就是跟着叽叽喳喳地对你说东道西的我,在佛山的大街小巷找美食、寻古迹。

你喜欢摄影,总是带着一部相机这拍拍那拍拍。

我那时候也很想有一部相机,想把认真专注地举着相机的你拍进我的相机里,然后永久地珍藏你的侧影。只可惜,我闹腾了好几次要买,因为懈怠了练功又耽误了功课,次次都被父亲给驳回了。

有天你在街上远远地看到了我二姐。我二姐是我们家最漂亮的女孩。你举起相机,远远地给她拍了好多张照片，我跳进你的镜头里，我说："喂，陆长亭，给我来几张。"

你笑，镜头对着我按了好几下，又转过去对着我二姐继续拍。

几天之后，我看到了那些照片。照片上的二姐白衣翩然，身姿纤细，美得似有仙气。而我呢，短发配着被太阳晒得黝黑的脸，身材粗壮，看起来真的就是一个假小子。

晚上我宣布不吃饭了，父亲瞪我一眼，让我到院子里打了三套拳，我自己就饿得前胸贴后背地扑向了饭桌。

那时候的我，觉得生活就应该是简单的，困了就睡觉，渴了就喝水，饿了就吃饭，梦里出现的你，醒来就应该去见。

即使知道你已经有女友，但那又怎样呢？

能有一个喜欢的人是一件很幸福的事情，不管是谁，能找到一个自己喜欢的人非常不容易。

比如我的人生过去了十四年，才仅仅出现一个独一无二的你。

4

秋天来的时候，你进入我们学校隔壁的高中上学，和我二姐成了隔壁班的同学。

我从此再没睡过懒觉。每天总是早早就醒来，早到可以避开早起练功的爸爸、大姐和二姐，有时候脸都来不及洗就跑到陆爷家拍门："陆长亭，我昨晚梦到今天的早餐了！我带你去吃及第粥和叉烧包！"

你来开门，还带着睡意的眼睛被美食点燃，好看的嘴角微微扬起："Good morning,梁芳草。"

陆长亭，知道吗？我庆幸过很多次，你是个小吃货，而我亦然。这让我觉得我有了一个光明正大与你亲近的理由。

也庆幸佛山的各式美食多不胜数，让我每次在梦到你之后，都有去见你的理由。

你原本打算在圣诞节的时候回美国去，但我告诉你，中国所有学校的圣诞节都不放假，而且当我们放寒假的时候，连元旦都已经过去好久了。

你用蓝色的眼睛看了我好一会儿，才失望地"哦"了一声。为了安慰你，那天我带你去了一家老字号吃云吞面。

云吞面很好吃，吃完之后，你的心情果真好了一点儿。我和你跑到河边去玩儿，我买了两根雪糕，你买了两罐雪碧，雪糕吃完，雪碧喝到一半的时候，你遗憾地说了句："我一直以为圣诞节就能回美国。"

我没能及时地向你表达我的任何情绪，因为我被一口雪碧呛着了，随后咳得惊天动地，差点儿把吃下去的东西全吐了出来。

咳到最后，我吐了一口血。不单是你，连我自己都吓着了。

去医院的路上，我还和你开玩笑："不至于吧，你不能回美国过圣诞节而已，我竟然替你伤心得吐了血。"说着说着，又吐了。

你眉头锁起，好似在为我担忧，而我，也不知道是应该高兴还是悲伤。

5

倒霉不？我病了。而且是一生不能治愈的免疫系统疾病。

住院三天后，医生宣布专家会诊的诊断结果时，听说我内功深厚、打遍佛山无敌手的父亲激动得把医生办公室椅子的扶手给捏碎了。

回到病房，我母亲一直在哭，二姐默默含泪，倒是大姐有魄力："没事，我养三妹一辈子。"

我偷偷想的却是：以后是不是可以光明正大地不练功，少吃饭减肥，成为一个你的镜头喜欢拍的瘦弱女孩了？

然而一切只是美好想象，住院一周后，出院回家的我依然壮硕如初，并且因为母亲与二姐的贴心喂食还胖了点儿。

傍晚的时候，我坐在门墩上，终于等到了放学归来的你。高高的少年拐入巷口，路过巷口第一家杂货店门口的大榕树，秋渐深，地上的落叶金黄，穿白鞋的少年穿过被夕阳拉长的树影渐渐走近："梁芳草，你还好吗？"

我当然很好。我摊摊手告诉你："我觉得最好不过了，只是家人觉得我病得严重，让我再休息几天才能去上学。"

我告诉你我好想吃麻辣小龙虾。你被我馋虫上脑的描述说得两眼放光，打算偷偷和我一起去吃，但还没走出巷口，便被我大姐二姐截住了，二姐英文好，留下来教训你，我被大姐捉了回家。

听说你回家后，也因为我生病的关系，被你爸好一顿训。

我好几天不想理二姐，因为一向温柔的她训你的样子真的很凶。也因为你被二姐骂得那么惨，竟然还笑得那么灿烂。而且你不能回美国过圣诞节，你应该很难过吧？

奇怪，我不是你的谁，但难以忍受你受一点点的委屈。

几天后，你带了一大沓打印的资料来了我家，那些资料全是与我的病有关的病例及治疗机构，因为全都是从国外网站下载的，你还细心地做了中文翻译。

我的父亲感动得晚上提着酒去找你的父亲,想收你做入门弟子,将他最宝贵的家传咏春拳倾囊相授。

我心窃喜,从此之后,就与你是一家人了。

后来听说你拒绝了,我的心空落落的,失落了好几天。

我那时候还不知道,与你成为一家人,其实也是十分不开心的一件事情。

我还是偷偷跑去买了麻辣小龙虾。你吃,我看。

可看着你被辣得哇哇叫却仍然忍不住继续吃,我再也憋不住了,在你的阻止下抢着吃了一只。

没想到我的健康真的已经糟糕到连一只麻辣小龙虾都吃不起了。那天傍晚我开始高烧,当晚就进了医院急救。

迷迷糊糊地躺在病床上时,听到门外的你在向父亲道歉。父亲沉默半天后说了句:"不怪你。但你要知道,这是我肝儿一样的小女儿。"

作为家里的老幺,未出生时父亲寄望我是个儿子,倾注了很多的爱,发现是个女儿后,爱也没有收回去。大姐要继承家业,二姐各方面都十分优秀,而我各方面都不出众,但胜在了开朗单纯。

从此,二姐奉命紧跟着我不许我乱来,我与你的二人行,变成了三人行。

慢慢地,我发现你开始配合我二姐。我二姐不出现,我把好吃的好玩的说得再天花乱坠,你也绝不跟我走了。

有什么正触目惊心地走向了我不知道的方向,我假装不知,不敢去细思量。

6

二姐的照片在你的暗房里渐渐变多,多到我都找不到其他女孩的照片,当然偶尔会有我的照片,但是我的身边一定站着我二姐。

二姐长得像我母亲,肤色白净,纤细柔美,而且,她特别聪明,考试不是第一就是第二。

你虽然会说粤语,但毕竟有限。除了你的父亲,就只有二姐能用英文与你轻松交流。你教会了她上国外的网站,经常一起去查看与我的病有关的医疗技术。

我看着你们用我听不懂的英文在聊天,我想加入却无从插嘴,慢慢地百无聊赖,慢慢地格格不入。

你和二姐,是从那时候开始的吧。

如果我只是一个邻居家有趣的、好玩的小孩子,那么能够与你交流的二姐,便是真正能够理解你的人。就像我们每个人都叫你的中文名：陆长亭。只有她，很自然地叫你：Sam。

你们谈起我的病，也谈起过圣诞节假期，你甚至对她说起你在美国那些可爱又好玩的朋友。

在学校里，二姐值日或者有考试时，出现在我教室门口接我的就会是你，我很开心地邀请你趁此机会和我去吃好吃的，你摊摊手说："No，我答应梁芳华要陪你一起等她。"

我撇嘴锁眉地瞪你，你很好脾气地笑："你的病好好照顾，就能像健康人一样生活。"

个子高挑，黑发蓝眼的你笑起来真好看，班上有几个女生来向我小声打听你是谁，我不知为何，觉得说你是邻居不太对，说是二姐的同学也不对，于是自以为是地说了一个自觉能够抵挡她们的觊觎之心的答案："我二姐的男友。"

后来的后来，我一直一直都很讨厌"一语成谶"这个词。

你完全放弃了圣诞节回美国的想法，圣诞节前那个周末，你拉着我去商场给每一个人买了圣诞礼物。你特意问我："梁芳华喜欢什么？"我提供意见之后，你又挑了很久，并且亲自包装了那份礼物。

我就站在你的旁边，你指着一只许愿球说："那个很适合你。"你没有想过问问我是否喜欢，就买下了它。它和其他礼物一起，是店员包装的。

我知道，一定有什么已经发生了。

但是我无力阻止。

圣诞节我收到了你的许愿球礼物，怔怔地抱着它干坐了一夜之后，我明白了为什么你在我眼里是不一样的。

真相非常简单，就像不知道什么时候我二姐在你眼里变得不一样那般，我也不知道从什么时候开始，你在我心里已经特别到我不敢轻易去碰触了。

元旦过后，父亲和大姐在准备过年时的舞狮活动。你非常好奇，一边拿着相机一直拍，一边兴奋地与二姐说着什么，一长串的英文像跳跃的音符。二姐也用英文轻轻地回答你，就像温柔的小溪。

你看着她笑的样子，像看到全世界的花都开了。

我看着你看她笑的样子，第一次觉得佛山的冬天好长，长到怎么也过不去一个寒假。

我央着母亲给我报了一个英文补习班，晚饭的时候，母亲和父亲提了一句，父亲应允了，但二姐说："我和Sam一起帮你补不好吗？"父亲也怕我在补习班上课身体会有什么意外，便同意了二姐的提议。

可是不好。真的不好。即使二姐还感受不到你的心意，我却无法忽略你对她的注视。

你把我的心偷走了，但我感觉自己像个窃贼，而我心里的你，是我偷来的赃物，我甚至不敢把自己曝光在光天化日之下。

7

夏天似乎越过了春天，一下就到了。我要中考，二姐要高考，我的身体状况也似乎好些了。但谁也不敢松懈，就连你来训练我的英语听力与口语，都是小心翼翼的。你偶尔也会向二姐吐槽一句："中国的高考好可怕。"

二姐从大堆的卷子里头都没抬："所以才要努力学习考上大学，然后出国去呀。"

你说，其实有捷径的，我是美国人，嫁给我就能去美国了。

二姐终于从卷子里抬起头瞪了你一眼，然后随手扔一本书打你，再然后你们相视而笑。

用今天流行的话来说，在旁边被无视的单身狗的我被你们的恩爱秀了一脸，内心受到了一万点的伤害。

其实伤害哪止一万点。那些你与二姐一点一点地互相吸引、相互靠近并且你侬我侬的瞬间，那些被你拉去给二姐准备礼物、谋划惊喜的瞬间，都像无数道闪电将我的内心劈得粉碎，我好不容易再次将心拼凑完整，又有新的闪电将我劈得粉碎。

周而复始地痛。

周而复始地，不舍得不多看你一眼。

是的。不舍得。

明明是我先遇见你。

明明是我先发现你的好。

明明是我先成为你的朋友。

明明是我先喜欢上你。

偏偏走进你心里的却不是我。

我站在你身边，却像隔着银河。

中考我考得很一般，勉强进了你们即将毕业的高中。

二姐高考考得很好，放榜那天你抱着很大一束玫瑰花向她表白，几乎整个高中都沸腾了。

我喜欢你，而你喜欢的人却不是我，这是什么样的感受？

大概就是我无论如何也舍不得你，错过了你的一点儿消息也会觉得失落无比，而你错过了我的一生，大概都不会感觉可惜。

我高二时，二姐雅思考了高分，你也考上了她要考的那所大学。

你们要一起去美国了。

临走前的那年春节，你以二姐男友的身份来我们家吃饭，母亲很高兴地做了很多菜，父亲则十分舍不得你，席间让你喝了好几杯白酒。

你醉了，眼睛的蓝竟更深了。

你竟用中文背了几句你认为很美的诗：

愿多年以后，你我仍是旧友，可以共饮一杯老酒一醉方休，可以谱一曲别样离愁，还能唱一句青春不朽。

那是我对你说过的话，我没想到你把它当成了诗。

那是你和二姐要去北京读大学前，有一天二姐去参加聚会，你来补习班接我回家。回到巷口的时候，月光温柔地照在青砖地面上，又美又忧伤。

我知道再不舍得你，明天也必须面对即将到来的离别，于是自言自语般，对你说了那几句话。

你很认真地听，然后笑着说："梁芳草，想不到你还会写诗呀。能再说一次吗？很好听呀。"

我又说了一次，你竟用录音笔录了下来。

只是我没想到，你会在这种时候，就着似是而非的意境，把它当成诗一样说出来。

二姐笑说："陆长亭，你可以呀，都会作诗了。"

父亲点头说："嗯，学好中文是好事。"大姐点头附和父亲。

我什么也没有说，低头默默扒饭，心中惶惑惊慌，多么害怕家人知道这些话是我说的。

幸好，大家都只当你是酒后胡言。

喂，陆长亭，我不知应该难过还是庆幸，难过于你的中文不好，听不懂我说的话背后的意思；庆幸于幸好你不懂，我与你不会陷入尴尬。

你走了也好。我再也不用担心你会走了。

8

二姐和你去美国后的好些天，我有些任性地挥霍了之前被精心保护的身体，我一个人去吃了之前我带你吃过的所有美食，今天去吃一样，明天去吃一样。一开始的时候，只是有点儿不舒服。后来，开始发烧。我不知悔改，终于把自己折腾进了医院急救。

据说我昏迷的时候，医生下了两次病危通知。父亲的头发一夜间变成了灰色，母亲心脏受不了，进了加护病房。

我捡回了命，身体却大不如前了，休学了一年，在家慢慢养着。二姐说要回来，父亲没有答应，说家里有大姐照看着。

大姐那时候已经十分成熟，而且拿了两次全国武术冠军。

倒是我，几年过去，终于从一个壮硕的姑娘病成了一个纤瘦少女。学校断断续续地去着，成绩自然不好，倒是英语坚持学了下来，想着，再次见到现如今全英文生活的你不能再犀。

我还央求大姐给我买了一部单反相机，学着像你那般，没事就拍花、拍草、拍树、拍云朵、拍路上的人们。

拍出来的照片里，没有一个人是你。但是，总有某一个人，理着你的发型，有着你眼睛的颜色，或者与你相似的侧颜、背影，甚至是穿着一件在二姐发回来的合照里，你穿过的同款衬衣。

我偷偷地想念你，虽然明白这毫无意义。

关于想念你这件事，躲得过对酒当歌的夜，却躲不过四下无人的街。

大姐结婚那年，二姐回来参加婚礼。

当然还有你。

我努力对你们笑得坦坦荡荡，但心里冒出的却是很恶劣的一个想法：好遗憾，你和二姐，竟然没有分手呢。

你成熟了许多，翩翩少年成了优雅绅士。

见面后你对我说的第一句话是："嗨，梁芳草，你竟然女大十八变，成了美女！"

我"嘿嘿"一笑，问你美国的饭是不是不好吃，因为你离开中国后真是老了不少。

你夸张地说："这是因为全世界所有的美食都集中在佛山了。"然后你问我二姐："亲爱的，我们回佛山生活好不好？"

二姐笑着问你："当然了，你舍得让我后半生背井离乡吗？"你低头轻吻了一下她的长发，温柔地说："当然不舍得。"

这恩爱秀的，让我好后悔引起了这个话题。

如果说，隔着太平洋我还能忍住不跑去找你，当你再次回到我的身边时，我会不会还能保持冷静与理智。

听到你们说决定回来生活,父母与大姐都十分开心,特别是父母,只差没有把嘴边的那句"有两个姐姐一起照顾芳草,我们总算能放心些"说出口了。

你学了建筑,二姐为我学了医。你们已经计划好了,一年后毕业回来工作,办一个中式的婚礼,生三个可爱的孩子。

你还向我炫耀你在巴黎向二姐求婚的视频,你说你走过去的时候因为紧张踢到石头狠狠摔了一跤,你看着视频里幸福而又狼狈的自己哈哈大笑。

我也跟着笑,不同的是,我笑出了眼泪。

9

你们在国外的最后一年,我莫名其妙病得特别严重,严重到自己都受不了,会有轻生的念头。一次又一次的病危通知,让钢一样坚强的大姐都崩溃了许多次。

有次二姐打电话回来,我正痛得撕心裂肺一般叫喊着,二姐在电话那头也受不了了,哭着说:"小妹,让我替你吧,让我替你吧。"

谁都没在意那句话。父母、大姐、二姐都从小疼爱我,我知道看到我痛他们谁都恨不得替我受。只是谁也没想到会成真。

我真的真的很讨厌"一语成谶"这个词。

二姐从发病到走,不过三天。她体质特殊,完全止不了血,昏迷中器官急剧衰竭,都没能等到立刻飞越重洋去的大姐见上最后一面。

陆长亭,我不知道你是如何撑过生生看着健康美丽的二姐忽然消失在世上的那些日子的。对于我们家而言,就是每一个人都不由自主地对着二姐的旧物发呆,说话间不知是谁,脱口就会提起二姐,就像她从没离开一样,说一句"等芳华回来后……",那些话总戛然而止,然后所有人长久地沉默,母亲转身默默垂泪,父亲会点上很久不抽的烟。

从那之后,我有了一个习惯,再痛也忍着,不再喊出来,甚至不再呻吟了。我严格按照医嘱吃药忌口,适当锻炼,我跟着大姐,捡起了丢下好多年的拳法。

父亲说,咏春拳的传人从来没有病死的。虽然已经从医生那里确诊,我与二姐生病是因为基因出了问题,但父亲仍自责于刻意培养二姐的学业而不让她习武。

我不敢给你打电话,我不知道要如何安慰痛失所爱的你。因为我知道那种感觉没有任何人、任何事、任何话能够稍作安慰。

我知道二姐之于你,就如同你之于我。

二姐走后第十五个月,我才见到了你。

你带着二姐的骨灰去了你们曾经计划去的国家都转了一圈，最后才带她回到了故乡。

你消瘦了许多，满身的风尘。

嗨，陆长亭。

嗨，梁芳草。

想问你还好吗。没有问。因为你看起来真的不好。

我带你去吃你曾经最喜欢吃的那家云吞面，你在清晨的柔光里慢慢地吃完了一碗，你说很好吃，但湛蓝的眼眸忧伤依旧。

连你最爱的食物都不能治愈你了。

但仍然活着的我们总要继续生活。

你回来半年之后，尽管你提出要学咏春拳，而我父亲也亲自倾囊相授，但我仍偶尔听到你在二姐房间里低声地呜咽。

那感觉，比我发病时最难以忍耐的疼痛还要痛。

第一个劝你走的人，是我。

我说了很多大道理，包括二姐一定不希望你看着她的旧物消沉一辈子这样的话，我都很诚恳地说了出来。

我甚至悄悄地去找了你的父亲，让他跟你一起走，不给你留下的机会。

陆爷已经去世，他也不需要再守在国内了。你父亲如果也走，你便再没有留在国内的借口。

我相信在新的环境里，你会一点儿一点儿走出来的。

我也曾经想过，二姐不在了，应该是二姐拼了命把你让给我了，我一定要争取一次，也许我也可以站在你身边，就像二姐一样。

但我不能。

二姐那样健康的人，都会说走就走，更何况是半条命的我。

痛失所爱这件事，我总不能让你再承受一次。

病痛将我围成一座孤岛，处于相思之水中，四面八方都隔绝我通往你。

10

一开始的时候，很艰难。

你失眠了很长一段时间，会半夜给我打电话："喂，梁芳草，你好吗？我不好。我太想梁芳华了。"

很多次，我发病在医院里，一边咬碎牙齿地忍耐疼痛，一边笑着对你说："你要出门去走走，说不定会遇到像我二姐一样好的姑娘。要不你去工作吧，你可以设计一座用我二姐的名字命名的建筑。"

我的英文已经学得很不错了，我不但能听懂你的伤感，还能安慰你很多，鼓励你很多，为你难过，更多。

很想说：陆长亭，别这样。你痛，我比你更痛。

但是我告诫自己，一定要忍住呀，梁芳草。

后来，你打来的电话慢慢少了。

后来，你开始工作了。

后来，我在推特上看到了你的工作照，果然帅气的人不管做什么工作都一样帅气。

你与新女友第一次约会回来那天，发了一条推特，说你终于明白你爱的人变成了一颗星星，你一抬头就能看见她对你微笑。

真好。

我应该会比你们任何一个人都要早地离开这个世界吧。

我会去哪里呢？

如果可以选择，我也想住在一颗星星上面，每天在那里看着地球微笑。这样，当你夜晚仰望星空的时候，就会像看到所有的星星都在微笑一样。

11

我偶尔会单曲循环听那首有你与我名字的歌：《送别》。

长亭外，古道边，芳草碧连天。

也许，我们的相遇，就像歌的名字一样，早就注定了要分离。

那年夏天的海

苏家明像追逐偶像一样追逐她,她烫了头发,她穿了一件以前没穿过的裙子,她还戴着她似乎很喜欢的耳环。他一张一张地收集关于她的图片。他觉得,即使只是远远地看着她幸福,看着她成功,这样的人生也不是不好。

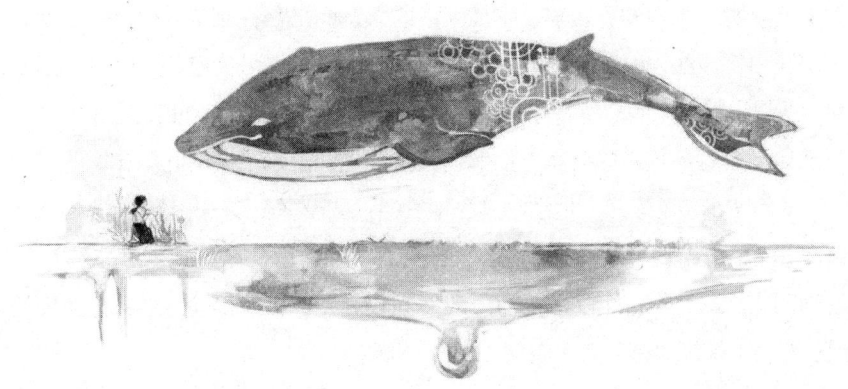

明明知道自己会像一粒没入这场情海的沙他还不管不顾，就那样把自己投入进去了。

1

第一次遇见杨书妍的时候，苏家明是一个踌躇满志，正极力摆脱贫困的十八岁少年。而杨书妍是一个满心不情愿陪母亲回故乡旅游的娇气少女。

苏家明在沿街叫卖一篮子大小不一的鲜活螃蟹，声称是自家渔船刚从海上捞回来的。有许多半懂不懂的游客来问价钱，苏家明装作十分老实与为难的样子不肯降价："老板，现在海里的东西少了，柴油又贵，我们捞到点儿东西真不容易。"

那一篮子他在海鲜批发市场弄来的螃蟹，居然真的就这么被他高价卖出去了。

"哎，小伙子，你还有没有螃蟹呀？"

苏家明想，自己站在路边数着那几张红票子的样子，一定贪婪到丑陋，所以，在他抬头的瞬间，才会看到坐在车里的杨书妍那一脸鄙视的表情。

拜这个海边旅游业渐渐兴起的小村庄所赐，苏家明虽然穷困，但也已经见过并认识了不少的车。

问话的中年女子，开着一辆最新款的进口越野车，不用看装扮都知道是富婆的类型。但吸引苏家明注意力的不是车，不是问话的人，而是坐在副驾驶座上的少女，那个女孩除了皮肤白皙一些，五官顶多只算清秀，那一对凤眼倒是出色的，眼神里透出的信息令一向无所畏惧的苏家明忽然就泄了底气：穷地方，穷小子，站在路边就数钱。

那些被自己刻意藏起来的自卑忽然就铺天盖地地涌上来了，瞬间把苏家明打回了出身贫困之家的渔家少年的原形，他结结巴巴地答道："没……没……没没有了。"

越野车甩着尘烟消失在路的尽头，苏家明手里攥着那几张薄薄的钱，慢慢地从沿海公路走向码头。只觉得这个喧嚣的海滩忽然间寂静无声，静得他只能听见自己的心跳声，短促、有力、惊慌失措、无可奈何。

2

苏家明走到码头的时候，又遇见了越野车里的高傲少女。

"一起去呗，你不是没见过渔船回来的样子吗？那船上的海鲜才是真正的海鲜。"之前那位开车的女人大概是少女的母亲，正在要求女儿陪同去码头买海鲜。

"有什么好看的？太脏了，不去。"少女冷冷地拒绝了。

苏家明站在几米开外的空地上，环顾了一周这个他从小就每天都来的码头，路上是碎石、沙砾与细海沙，当然，还有不可避免的各种垃圾，被掉在地上干涸或者已腐烂的小鱼小虾，空气中弥漫着浓腥半臭的气味。大多数鱼虾都是出海即死，它们用这种气味抗拒与海洋分离的残忍。但这种气味也是海边居民们得以生存的依据。

买到了一袋刚从渔船上卸下来的海鲜的母亲被一脸嫌弃的女儿这样抱怨："要去吃海鲜，多好的饭店没有，为什么非要来这种脏乱差的地方？"

"因为这是我和你爸爸的故乡。"母亲是这样回答的，"你小时候出生在这里，你总得回来看看。"

她的故乡？她竟然与他一样，是这里出生的人呢。

"故乡"这两个字像一粒莫名其妙的种子，被扔进了苏家明的心房。

苏家明没来得及细想，少女就忽然出现在他面前质问他："喂，你为什么老跟着我们？想做什么？打劫吗？还是绑架？"

苏家明吓了一跳，忽然笑了，他笑着问跟过来的少女的母亲："阿姨，你是不是要加工海鲜？我是本地人，我们家是经营家庭旅馆的，我妈做得一手好海鲜。"

苏家明真的把杨书妍母女带到自己家里去了。

3

苏家明的母亲确实很会做海鲜，那顿海鲜做得也确实很鲜美。杨书妍的母亲吃完后很满意，光是加工费就给了两张红票子。

只可惜那两张红票子是没有苏家明母亲的份儿的。苏家明的母亲不过在那间家庭旅馆打工，又做厨师又做清洁工还做服务员，每月赚两三千块钱。这两三千块钱，要给苏家明卧病在床的父亲买药，还要抚养苏家明与两个弟妹，实在是紧缺。所以，从上中学开始，苏家明的心思就不在读书上了，他只想快些长大，只想多赚些外快，只想着要怎样才能有足够的力量，挣脱贫困的束缚。

所以，苏家明的家里既没有什么自家的渔船，也没有自家的家庭旅馆，他只有一张能言善道的嘴，还有一张一眼就能看出来的，被海边的阳光晒得黝黑的，半稚气半成熟的脸。

凭着一张能说会道的嘴和不忽悠去景点坑人的实诚，第二天，苏家明竟然坐上了那辆进口越野车的副驾驶座位，在高傲而不忿的少女的冷嘲热讽中，带着那位离乡几十年后，对故乡旧味有些执着的母亲走街串巷寻找记忆里的味道。

苏家明十分积极，跑前跑后，有问必答。在车上坐得规规矩矩，不敢向后座上那个一脸无所谓地玩着手机游戏的女孩看一眼。只在上车下车的间隙，用眼角的余光记住了少女的脸，还有那脸上的无聊、鄙夷、轻视、厌倦。

4

第三天，他们约好要去悬崖边摘一种母亲小时候吃过的野果。苏家明早早就起来了，穿上了自己看起来最体面的一套衣服，怀着莫名的隐约的激动的心，提前一个多小时就到了酒店等她们。

崭新的越野车终于来了，但少女没有如昨天那般坐在汽车的后座，无奈的母亲解释说，娇惯的女儿无论如何也不愿意早起出门了。

这里的环境可能真的太差了。

苏家明记得，当时的自己，喃喃地说了这几句。

苏家明能明白一个被父母强迫着从大城市回到落后小渔村寻根的少女的心情。苏家明觉得自己完全能够理解她的感受。

那天在悬崖边，发生了一件事，那件事，改变了苏家明的命运。

有几个专门偷游客钱财的混混盯上了他们，终于在人迹稀少的悬崖边寻得了他们落单的机会。

同为本地人，他们自然是认得苏家明的，但是仗着人多，他们并没有把瘦小的苏家明放在眼里。

在从众如流与挺身而出之间犹豫了几秒，苏家明心里明明选择了做个从众如流的小混混，但身体却像有自己的意志那般抄起一根木棍冲了上去。

5

苏家明的腹部被划了一刀，口子挺大的，缝了十几针。当地的报纸上将他写成了见义勇为的英雄少年。

女孩也被母亲拉着来医院看望他了。见面时，她极不情愿地说了一句："谁知道他是不是和那些混混串通好的？"

苏家明当时急得张开了嘴，但到底一个字也没有争辩。

电视台前来采访，苏家明极力想隐瞒的贫困家世到底大白于世人了。苏家明觉得自己的某一些尊严受到了伤害，但又说不出来哪儿不对。

苏妈妈收到了一些捐款，还有政府的帮助，苏妈妈用这些钱租了一间店面，开了个小饭店。苏家的困境总算有了些缓解。

最重要的是，苏家明得到了一个上大学的机会。他的高考成绩其实也就一般，但是，他救下的那位有钱的太太为了报答他的救命之恩，硬是用钱把他送进了一所大学。

去大学报到那天，苏家明十八年来第一次承认自己是一个彻头彻尾的土包子。

那所大学自然是所名校,还是民间传闻中富人最多的学校。如果不是每月如期打入苏家明卡里那笔十分丰厚的生活费,苏家明觉得自己根本就不可能有什么所谓的寒门学子的意志与尊严在这学校里继续待下去。

苏家明甚至有一点点开始怀疑那位花大钱把他送来这所学校的太太的用心:是否因为察觉了他心里藏着的对她女儿的幻想,所以,用这样强烈的对比的方式来让他明白,他的心事,不过是一场不切实际的幻想。

但这场幻想又是近的,因为那个叫杨书妍的女孩,与他是同级同系的新生。偶尔,他会与她在同一个教室里碰面。他试着去打招呼,但女孩冷冷地别开脸,不屑于回应他半个字。

6

苏家明的寝室里六个男生,有五个是支持苏家明去追求杨书妍的,理由是:追到她可就把一辈子的奋斗都省了。

这时候的苏家明,在每月稳定进账的那笔生活费的支撑下,已经离十八岁夏天的那个瘦小的黝黑少年甚远。

他像一个普通家境的普通男生,有一两双耐克运动鞋,一两件说得上牌子的潮牌外套。他的衬衣领子干净整洁,牛仔裤上的破洞也刻意地显示着时尚。他甚至与一些家境富裕的同学一样,有最新款手机。

苏家明甚至收到过系里女生类似于约会的短信邀请。他到底没有去,总不能用别人的钱打扮了自己、养活了自己后,还用别人的钱去约会。

他的成绩不是太好,为了英语考级,他还得去报个辅导班。

而真正的原因是,他听说杨书妍有可能会出国。苏家明自然是没有那样的脸,让杨书妍妈妈再把自己也送出国去,他只能靠自己的本事。但背那些单词,着实让他头痛。

苏家明觉得,自己对杨书妍的追求方式有些可笑。比如听说她要出国,他就去报一个英语班想考雅思;比如听说她在参加一个宴会,他就跑去削尖了脑袋进去做服务生。

更可笑的是,每当他在这样那样的场合里与杨书妍见面,杨书妍总是用一种像看猴子耍戏那般的眼神看他。

7

苏家明自然是气恼的,但更多的是无奈。

有时候,苏家明会想起与杨书妍第一次见面的那天,闷热、喧闹,他提着一篮子冒充是刚捕到的蟹叫卖,车里的少女的表情又无聊又厌倦,清凉无汗的脸似在说,她天生便是这般冰肌雪骨,与他这般的凡物是不同的。

但是,他仍决心投入,即使就像一粒沙投入一片海。

如果两个人能在一天之内遇见三次,那么就说明他们真的有缘分。

这句话,是很久之后,苏家明在某页书上看到的。但其实,他心里是知道的,爱是没有缘由的,从电光石火般的第一眼开始,就注定沉沦了。

苏家明是自卑的,也是无畏的。因为什么也没有,所以自卑,也因为什么都不曾真正拥有,所以对能否得到或者失去都无所畏惧。

大二的下学期,苏家明的女神杨书妍到底接受了一位"公子"的追求,两个人家境相当,外貌也般配,称得上是一对佳偶。那位"公子"为了庆祝杨书妍的生日,特意办了一场沙滩派对。苏家明绞尽脑汁,找到了一份在沙滩派对上做服务生的兼职。

舍友都说,苏家明要么就是根本不喜欢人家,要么就是一个喜欢自虐的人。

其实,苏家明明白,自己不是不喜欢她,也不是什么喜欢自虐,他只不过是无法得到回应,而无计可施。

他站在沙滩上装模作样地端着香槟汽水,看着热情欢乐的跳舞的恋人时,他的心跳就像海浪拍岸的声响。

哗,哗,哗……沙,沙,沙……像大海在哭泣,又像在无奈地叹息。

8

苏家明积压的情感终于在某一天爆发了。他喝了一点儿啤酒,跑到女生宿舍楼下等了半晚。等到"公子"的车终于把杨书妍送了回来后,他就那么直愣愣地走过去,冷不丁地吼了一句:"杨书妍,我比他更喜欢你。"我比这世界上的任何人都要喜欢你。

苏家明吼得实在是太大声了,引了不少侧目。而杨书妍仍然那么高傲地冷冷地看着他,看得苏家明脸上的红潮都慢慢退下去的时候,才冷冷地说了句:"拿了我妈的钱来上学就好好上吧,别把自己弄得跟个情圣似的。"

杨书妍这又高傲又鄙视又优雅又漠然的态度,让站在她身边"公子"那握紧的拳头都觉得不必打向苏家明的脸了。

苏家明十八岁那年英勇救人,杨妈妈知恩图报送他上大学的事情终于被人挖了出来。苏家明听到人说自己"这穷小子运气不错""有人资助读书就不错了,还妄想娶公主占家产,野心好大",也听到人说杨书妍"有点儿忘恩负义",还有人说"杨书妍被这样的人缠上也真是倒霉,不理他吧,是忘恩,理他吧,实在是不配"。

苏家明有那么一段时间，真想就卷起铺盖一走了之算了，想着，他本来就只不过是个叫卖螃蟹的贪婪少年，本来也没有什么读大学的机会，何必？

但不甘总在后半夜像一群蚂蚁，蜂拥而上，噬咬他的心。

就在苏家明觉得自己之所以还留在这里苟延残喘大概是因为心还没有死透的时候，杨书妍忽然失恋了。

9

据说"公子"的混血前女友忽然回来了，把"公子"约了过去，而高傲的杨书妍当众给他们泼了水还是咖啡什么的，说了句"记住是我甩了你"这类很酷很带劲儿的话后，就忽然消失了。

除了慌不择路地找人的苏家明，所有人都觉得，只不过是高傲的大小姐公主脾气上来了，玩两天消失游戏而已。

只有苏家明心里是真正七上八下地慌张的。从认识杨书妍之后，苏家明几乎把自己所有的心思都放在了她的身上，他从来没有放过任何一个注意她的机会。

他可以说比任何人都了解她，她脾气大、高傲、愤世嫉俗，但她也脆弱、敏锐、没有安全感。她像怀疑苏家明串通混混在她母亲面前演苦肉计那般怀疑着一切。但有一点是确实的：高傲的杨小姐不过是一个暗恋着"公子"的小姑娘。从最初捕捉到的一个眼神，到后来他们在一起后她身上所散发出来的狂喜与幸福，苏家明都看到了。

杨书妍失踪的第三天，连一开始也觉得女儿是在发小姐脾气的杨妈妈也慌张了，还报了警，但一无所获。苏家明斗胆问杨妈妈能不能去杨小姐的卧室看一看，也许能找到什么线索。

高傲的女孩把自己暗恋一个人的痕迹藏得很好，但是，仍敌不过另一个深陷在暗恋里的人的眼睛，苏家明在抽屉的角落里找到了一枚陈旧的夏令营小徽章。

在那个十五岁的杨书妍与"公子"第一次见面的夏令营湖边的树林里，苏家明终于见到了不知道昏迷了多久的杨书妍。警察抱着她冲向救护车的时候，苏家明直愣愣地站着，眼睛盯着她那条纤白的、无力下滑的手臂，只觉得自己的两只耳朵除了嗡嗡嗡的声响，其他的一切都停止了。

10

杨书妍陷入深度昏迷的两周里，杨妈妈也病了。杨爸爸要照顾公司，还要照顾女儿和太太，根本就分身乏术。幸好，苏家明跑上跑下忙前忙后，话不多，活儿却做得勤快利索。一开始受女儿影响，对苏家明印象不佳的杨爸爸也对苏家明有了改观，还邀请他毕业后去他的公司工作。

杨书妍在昏迷中几度需要抢救，每一次，苏家明都冷汗津津地在门外双手合十地求一切他所能想起来的神。

但在昏迷的杨书妍面前，他总是把话说得很毒。

"杨书妍，醒过来吧。我答应你，什么都不干，只要你醒过来，我就从你的人生里消失，还不成吗？"

"杨书妍，你要是不醒过来，我就跟你爸说我要娶你，然后让你慢慢死掉，再霸占你爸的公司。你爸现在对我满意极了，已经提出想让我做他女婿的想法了。"

"杨书妍，知道吗？我现在有一个计划，等我拿到你家的钱后，就去把你心上人的公司搞垮。这种事我也是做得出来的。"

苏家明在说这些话的时候，手心都冒着汗，全身的肌肉紧绷着。他故意把自己说得很坏，因为他觉得她那么骄傲，应该会因为恨他而醒来吧。虽然苏家明也害怕她会因为恨他而将他推得更远，但他更害怕她不会醒过来。

对他来说，只要她能醒过来，被她恨也无所谓。

11

杨书妍醒过来的第一天，做的第一件事就是甩了苏家明一记耳光。说的第一句话就是："给我滚。"

在杨爸爸和杨妈妈稍有歉意的眼神中，苏家明神色麻木地滚了。

他木然得像机器人般走出了病房，拐过了走廊，走下了楼梯，到了楼下的时候，苏家明忽然全身无力地倚着一棵树，捂着脑袋蜷曲着身体蹲了下去，从喉咙里发出"呜呜呜"的低鸣，也不知道是在哭，还是在笑。

回到学校的苏家明浑浑噩噩地过了一阵子，就像一只退回了壳里独自疗伤的蜗牛。

在听说杨书妍终于出院的时候，苏家明也终于慢慢好起来了。他偶尔睡懒觉，和别人一样修学分，准备毕业找工作的简历，还有，继续补习英语，常常背单词到深夜。

苏家明和其他的大四学生没有什么大区别了。大四下学期，试图回头求杨书妍原谅的"公子"被拒，有人多事地去问苏家明的心情怎么样，据说，当时苏家明用一种阴森森的眼神，盯了那个同学好久好久，直到对方道歉离开，苏家明才一言不发地继续背单词。

"公子"出国了。是去了美国、英国还是法国？不知道。只知道，毕业前，杨书妍也出国了。

苏家明考了两次雅思都没有过。后来在一间保险公司找了份工作,每天早出晚归地跑业务。第二年,苏家明又去考了雅思,还是没过。

苏家明偶尔和杨妈妈联系,听杨妈妈说,杨书妍和"公子"复合了。

苏家明在电话这头"哦"了一声,没再说什么。杨妈妈好像在电话那头说了一句类似于那丫头总有一天会明白之类的话,但苏家明没来得及做出什么反应,客户的电话便打进来了。

苏家明为了客户的事忙了一夜。第二天想起,只觉得心闷闷的,像痛,又像是透不过气。

12

苏家明奋斗了几年,晋升成客户经理,买了房,也买了车,还用积蓄给母亲在小渔村建了新房子。

还有,所有的人都不知道的是,苏家明还悄悄地给了当年刺伤了他的那个小混混家一笔钱。有人问,苏家明当年是不是苦肉计呀?苏家明没承认,也没否认。但那个刺伤他的男子摇头了。于是,也没有多嘴的人去再去探究当年的真相。都说,苏家明以德报怨,是好人。

这件事,在杨书妍昏迷的时候,苏家明向杨书妍承认过,他确实与那几个人是认识的,也商量过抢劫的事,但是最后,他因为接了给杨妈妈导游的活儿没去实施。

在他说完这件事后,杨书妍的眼皮动了动,就真的醒过来了。

当然,对于苏家明来说,也都是往事了。

也是这一年,苏家明又从杨妈妈那里听说了杨书妍和"公子"在海外教堂里举行了婚礼的消息。杨家反对这门婚事,他们一直期望独生女儿能够独当一面接管公司,无奈杨书妍只想为爱走天涯。杨书妍最后没有请父母去观礼。

那天,苏家明找了一间教堂,从来不是信徒的他,进去坐了一个下午。

从此之后,每个礼拜天的上午,苏家明都屏开杂事,坚持去教堂里挤在一帮老人的中间做礼拜。他并不是有多虔诚,而只是觉得这样能离她近一点儿。

偶尔,苏家明觉得人生真的有点儿太长,长得人与人离别后,再交集仿佛就要等到死亡的那一天了。更令苏家明觉得漫长的是,也许这一辈子他与她也不会再有交集。

13

和杨书妍重逢的时候,苏家明三十岁了,有了女友,那个女孩善良又温柔。苏家明仍常与杨爸爸杨妈妈有联系，有些什么用得上他的，他总很尽力。杨妈妈对他说："家明，你应该去过你自己的日子了。"苏家明说，他们既是老乡又是供他上学的恩人，哪能说不联系就不联系？

杨爸爸杨妈妈上了年纪，身体毛病渐多，慢慢地竟将苏家明当子女那般依赖了。偶尔也遗憾，如果不是女儿太倔强，她与苏家明一定能一起把公司打理得很好。

杨爸爸是半夜发病的。苏家明赶到医院的时候，只看到医生在摇头，是突发性脑溢血，面积太大了，没能抢救过来。

杨妈妈当时就晕过去了。医院把忙前忙后的苏家明当成了儿子，签字什么的都找他。第三天的时候，杨书妍回来了。

她又黑又瘦，因为瘦，一双凤眼似大了许多，眸子里透着有光亮的倔强。她憔悴得让苏家明吓了一跳，那一句"他到底对你做了什么"差点儿就冲出了口。

她遭遇了什么，苏家明是知道一些的。他曾花了不少时间与金钱辗转打听过她的消息，她舍弃父母嫁了一生所爱却所托非人，婚后"公子"花心与家暴，曾将她打伤。她无奈离了婚，却觉得无颜见父母而独自在外漂泊。

杨书妍安静内敛了许多，并没有像上次那样刚见面就叫苏家明滚。苏家明此刻正替她穿着孝子服，在替她的父亲送灵。

苏家明的女友也来了，本来还在忙前忙后，看到苏家明绞在杨书妍身上的眼神后，态度就一点儿一点儿地变了。

苏家明不知道女友是什么时候离开的，只知道那一天之后，就再也打不通她的电话了。苏家明心里稍有些难过，但更多的，竟然是轻松起来了。

因为，他想，他又单身了。他又能全心全意地，只想念一个女孩了。

14

从来没有管过公司事的杨书妍开始接手公司工作了，这自然不是易事。苏家明想过去帮一把的，但是，好几次要去找她，到了她公司楼下又没有走上去的勇气，于是就那么站在公司楼下，盯着她办公室的灯亮了一夜又一夜。

好在，杨书妍在经历了一段艰难的时期后，到底把父亲的公司一肩挑了起来。

苏家明在本地的新闻报道里看她出席给贫困学子捐款之类的活动，比起刚回国时的黑瘦，她白了些，精神气色也好了很多。

三十一岁的苏家明满足于现在的生活，每天上班下班，偶尔在新闻或者公共场合见到她，她越来越有知性女强人的范儿。

苏家明像追逐偶像一样追逐她,她烫了头发,她穿了一件以前没穿过的裙子,她还戴着她似乎很喜欢的耳环。他一张一张地收集关于她的图片。他觉得,即使只是远远地看着她幸福,看着她成功,这样的人生也不是不好。

但有一天,苏家明忽然倒在办公室里,再也没有起来。思虑压抑会成重疾吗?大概吧,正值壮年的苏家明的心脏出了大问题。

在昏迷的最后几天里,苏家明好像看到杨书妍来看他了,她好像还说了些什么话,甚至,好像还哭了。苏家明很努力地想去听清楚,但到底,那声音越来越轻,越来越远了。

苏家明最后的想法是:她到底主动来看我了。多好呀。

15

很久之后,苏家明都没有想到自己和杨书妍的故事结局是这样的:

在他临海的绿草萋萋的墓边,偶尔会有一位面目清冷的凤眼女子在自言自语地和他聊着天,也会说起,十八岁那年夏天的海。有时候,她一坐就是一天,从日出到日暮。

这世界上,有一些感情,敌不过只为了骄傲的坚持。比如她那段她独自付出了很久最终是短命的婚姻。另外还有一些感情还没来得及开始,就成了遗憾,比如没有勇敢地继续前进的苏家明和直到他永远离开才肯退步妥协的杨书妍。

也许,错过的怀念,也不是不美。

只是,遗憾就像与苏家明日夜相对着的那片哗哗哗地悲伤着鸣叫的海,太多太满了。

可是，我没有

所幸，我终于独自走过了那段荆棘遍布的路，成为我想成为的样子，看到了今天幸福地笑着的你。虽然，我仍满怀忧伤。

1

记不起是什么时候开始喜欢的了,仿佛自有了关于你的记忆开始,就全都是喜欢。

中考过后的校园兵荒马乱,还有矫情的同学在哭。

我全身无力地走到操场旁那棵法桐树下坐下,大口大口地喘着气,高烧让我有点儿头晕目眩。从小到大,我的身体一到关键时刻就掉链子这个毛病都已经成为一种习惯了。像中考这种算得上人生大事的时刻,自然也不例外。我从考试前一天开始就高烧不退,整个考试过程中浑身一直烫烫的,好不容易考完,我觉得自己整个人都脱水了,不歇一会儿,根本就没有走出校门的力气。

"喂,同学,你没事吧?"

午后的阳光落在你淡麦色的皮肤上,英朗的眉目有一种温柔而又动人的光芒。大约是我烧糊涂了吧,所以,在那一刻,我觉得你浑身都在发光,那光芒耀眼得让我都快记不清你的眉目了,可你的脸,你的身影,却又是清晰的,就像一个印记,"啪"的一声巨响,猝不及防地印在了我身体里的某个地方,我惊慌失措地想看看印在了什么地方,可遍寻不着。

但是,我知道,它是存在的。而且,深刻得我永不可能忘记。

抱歉,当时我没来得及回答你的关心。

"绾绾!"我妈踩着高跟鞋小跑过来,眼里的泪水似乎就快要掉下来了:"快快快,马上去医院!"

我想,被妈妈扶着拖着绵软脚步离开的我一定很狼狈吧?我好在意,第一次与你对话时,一点儿也不完美。

2

高中开学第一天,从分班名单里看到我中考后费了好些劲儿才打听到的你的名字,与我的名字同在一个班里时,就似时间刹那间被静止,心中虽有千军万马奔腾而过,身体却不由自主地浮浮沉沉。

你来了,背着黑色书包的样子,漫不经心的帅气。

你走近了!我脊背抽紧地站在原地,不敢回头去看你。

"何绾绾,挺不错的嘛。病着考试,还能考上,不愧是我张佳佳的朋友。"张佳佳搂着我的肩膀,大大咧咧地在我脸上亲了一下:"来亲一个以资鼓励!"

"啊,哦。那个,谢谢。"我到底是有多紧张,才会把与自幼好友的聊天回答成这个破样。

许多许多次,我想象着自己在你面前妙语连珠、巧笑嫣然令你开怀,可许多许多次的现实却是,我在你面前紧张失措、语不成句,甚至因为我的沉默以对而导致尴尬收场。

这一次,亦没有例外。你高而直的背影渐行渐远,而我的目光跟着你,秋日一般温暖而广阔,温柔而又忧虑。

"嗨,何绾绾!你认识他吗?挺帅。"张佳佳的笑容似一朵盛开的花朵,不管怎么看都赏心悦目,我慢慢地稳住了狂乱的心跳,恢复了我原来应该有的样子:"嗯,我以前的校友,现在和我们一个班。"

"真的吗?运气真好,高中我们又在一起上学了,而且终于摊上有帅哥的班了!"张佳佳欢呼,而我低头静默。

若张佳佳是惹人注目的珍珠,我便是珍珠旁边的装饰,不是不美,只是因为沉默懦弱,始终是陪衬。

3

张佳佳是多勇敢无畏的一个姑娘,她把书包往你旁边的空桌上一放,灿烂地笑着问你:"不介意的话,和我做同桌可以吗?"

谁能拒绝阳光而又美丽的女孩,你淡淡地说:"无所谓。"

张佳佳成了你的同桌,她聪慧、幽默、活泼。她就像光,吸引着喜欢明亮的心,如我,也如你。

听说你跟着养父母生活,而我,则是单亲家庭的孩子。你的个性稳重少言,而我则怯弱寡语。我想像我们这样从小就缺乏健全家庭气氛的孩子,大都会羡慕像张佳佳那样有着一对到了周末就会手拉手一起来接她回家的父母的孩子吧。

因为天性聪慧,又与你是同桌,张佳佳很快便与你成了朋友。她知道你喜欢看什么书,喜欢什么电脑游戏,甚至知道你打算考什么大学。她还知道,你的养父母感情不和,你正面临着家庭危机。

张佳佳像只爱说话的小鸟,叽叽喳喳地把这些当成日常谈资告诉我的时候,我伸长耳朵仔细地听,心里像沸腾的海,汹涌澎湃地为你高兴,为你担心。

我喜欢听张佳佳谈论你,但是又害怕她谈论你。因为我知道,张佳佳越来越多地谈论你,是因为你越来越多地住进了她的心里。

不,不要。你不要喜欢他,是我先喜欢他的!无数次,我在安静地听着张佳佳说起你的时候,心里这样呐喊着。

可是，我除了为此低烧、高烧了许多次，我什么也没有说。

4

张佳佳从没向你表白过，你也没有。但是，我知道她喜欢你而不自知，因为她从来没有如此多次地提起过其他任何一个男生。我也知道你喜欢张佳佳。当她的背影走出教室时，你的目光总是惆怅莫名；她课堂上的回答获得一片赞叹时，你的目光总是欣赏不已。

我也知道，每当我在观察你和她的时候，总是像一个小偷又像一个觊觎者，我贪婪地想获取一些什么，因此懦弱胆小地在角落里偷看着。

我妒忌也羡慕张佳佳那种似会发光的明朗与活泼，因为她令你注目，也因为她令你喜欢。

而我则变得不再是我，既谨小慎微，又勇敢无畏。

再一次，张佳佳又提起你的时候，我忽然开口打断了她："佳佳，你知道我一直喜欢周一航吗？"我说得又快又急，仿佛只要我先说出来，我就一定能占据你心里的那个位置。

"啊？真的吗？这样呀。"张佳佳瞬间的呆愣后，显示出惊讶。然后她问我："那你要向他表白吗？"

我说我不知道。

但我是知道的，我其实只有向张佳佳说的勇气。

我是多么无耻，我知道张佳佳喜欢你不自知，所以，我要横刀夺爱，所以，我要先下手为强，断了张佳佳的去路。

在那一刻我知道，我没有看起来那么懦弱而无知，有另一个我住在我的身体里，她决意为了你，横刀立马诛仙杀佛，似张佳佳这样的发小，又算什么！

整个冬天，张佳佳沉寂了许多。我送给她巧克力，送给她各种糖果和零食，甚至让舅舅从国外给她捎回一双她梦想得到的漂亮运动鞋，她笑着说"谢谢"，却始终不再如以前开怀。

5

情人节，三班的肖宁忽然提着好几盒进口巧克力来我们班分发给女生，女生们一连好几日，都在热烈地讨论着肖宁来发巧克力是为了张佳佳还是为了我。

"肖宁肯定喜欢张佳佳呀，人漂亮，成绩好，性格也好。"

"何绾绾也漂亮成绩好呀,而且我们学校还有哪个女生家里比何绾绾家有钱?"

"可是肖宁家已经很有钱了,他才不会介意女生有钱没钱好吗?"

"你们没听说吗?肖宁和张佳佳走得近是为了气何绾绾,昨天他来我们班发巧克力也是为了何绾绾。"

"你偶像剧看多了吧?哪有这么多曲折,你是因为怕张佳佳和肖宁在一起后周一航伤心才这么想的吧?"

你的表情冷了许多,张佳佳也是。

肖宁与我自小相识,他从来就是那种花父母的钱好炫耀的个性,也许他跑来我们班发巧克力不过是一时兴起闹着玩儿,换成以前,我只当是一个玩笑。但是这一次,我担心你会有什么误会而紧张得昨晚失眠。

太紧张的结果就是,今天我又陷入了低烧。我的脸通红,嘴唇干裂,紧张又无措地站在教室门外听他们谈论我的样子,一定也很狼狈。

"你又不舒服了吗?"你眉目英朗的脸上,没有丝毫的笑意。

我的心突突地狂跳着,心里只有这个念头:怎么办?怎么办?他听见了!他都听见了!

在完全失去意识之前,我听到你在说:"张佳佳,快去叫老师给何绾绾的妈妈打电话!"

真的。周一航,在那一刻,我忽然有一个想法,就为着这一点点你为我而起的焦灸与关怀,哪怕是就此死去,也值得。

6

医生再次向我妈宣布,要彻底根治我这毛病只能是冒险做手术时,我妈失控地哭着开始咒骂我爸。我容易发烧,是因为幼年时父母争吵,爸爸失手将我摔在地上伤了头部。如果开刀的话有可能会影响智力,所以,就一直没有做手术。

这一切发生的时候,因为你在场,我恨不得挖个洞钻进去,再也不要出来见人。但我又敏锐地捕捉到了你眼里闪过的水一样的柔软波光。在那个瞬间,我像一个濒死的人,看到了救命的光,我决心紧紧抓住那根从你心底抛出的名为同情的绳索,试图让我马上就溺亡的小痴情上岸得救。

妈妈跟着医生去办公室的时候,我问仍未离开的你是否能为我保密。你点头,你说没事,别担心。

其实,头部曾经受伤并不是什么见不得人的秘密,让你为我保密,不过是想让你我之间，有一些与众不同的关系。至少，能共同拥有一个秘密，不是吗？

你开门要走时，回头给了我一个微笑，那微笑里，有一点点心痛，一点点怜惜。我顿时更加肯定，我真的真的，可以用自己的羸弱作为筹码，去换取你的喜欢。

周一航，你无法喜欢上我，是对的。我才十六岁，在第一次面对自己最喜欢的人的时候，便已经有了这样深沉而复杂的心机，这样一个女孩子，又怎能令原本便走在阴冷而灰暗的路上的你喜欢？

7

那次之后，在学校里你对我的态度明显不同了。

早上在校门口遇见，你会走过来问我："今天还好吗？"

"嗯。今天很好。"我试图像张佳佳一样笑得像一朵阳光下盛开的花，可是却无端地怯弱起来，于是笑容也像是生长在角落里的植物，虽然非常努力，却歪歪扭扭不够大方。

劳动课大扫除时，你会说："你坐着看书吧，我来。"而张佳佳作为我多年的好友，几乎与你异口同声。然后我就坐在座位上，拿着一本书，看着你与张佳佳貌似有说有笑其实却有些尴尬地帮我完成原本属于我的工作。

由于身体的原因，我逃过了体育课、劳动课等等所有一切需要体力的课，偶有同学提意见，你与张佳佳也会再次异口同声："她生病了，你忍心吗？"

我听着你们那么说，看着你们帮着我护着我时，总是鼻子发酸，心里明明开着欢喜的花，却有风雨飘摇的失落感。

张佳佳偶尔向你要些什么，一本书或者一支笔甚至是一块抹布时，你给她的那种微笑，和你任何时候的微笑都不一样。那种眼神，不同于对我的呵护怜惜，那是一种向往与依恋，是植物向着光，是鱼渴望水，是飞鸟飞向蓝天。

我深深地明白那是因为什么。甚至明白到我开始痛恨自己的聪慧与敏锐，我若愚笨一些，只当你心里的人是我，是不是会快乐许多？

8

进入高二后，我几乎每周都要请假一两天。有时候是因为生病，有时候只是假装生病。因为我生病请假的话，总会有人送来笔记和讲义，有时是张佳佳，有时是你。

所以，我的功课并没有落下。

我喜欢站在窗帘后面，远远地看你骑着自行车拐入两旁种满了樱树的主道，风吹起了粉色的落樱，也吹起你的外套，少年高瘦而清俊的身姿跟着自行车滑行，像自由的鹰，又像奔跑的骏马。你在路的尽头停下，把车放在一棵樱树下，左拐，到了我家门前。你对保姆说："你好，我是绾绾的同学。"我闭上眼睛，仔细地听你上楼的声响，你的脚步沉稳有力又坚定，让我浮浮沉沉飘忽着的心慢慢地沉静下去。

偶尔我妈妈或者外公外婆在，他们会热情地向你表达谢意，你会说："绾绾那么聪明，要是因为生病耽误了功课就可惜了。"你的声音低沉，在这空旷的房子里似乎有一种无形的回响，那令我心惊胆战，却又心驰神往。

每一次，你讲完功课后，我都会问你："留下吃饭好吗？"你一直拒绝。即使是我的外公拍着你的肩膀让你留下用餐，你都选择了拒绝。

可是，张佳佳去公园玩摔伤了胳膊那次，我们一起去她家看她，她爸妈热情地留我们午餐，你脱口而出的"好呀"，把我那句"不用了"迅速而决绝地堵在了嘴边。

不一样的。我知道，一直都是不一样的。只是，那时候的我固执地认为，那只是因为我在你心里更特别。

9

高三开学那天，张佳佳坚持与我换了位置，她笑着在我耳边低声说："我不能老和你喜欢的人坐在一起，对吧？"她的脸是笑着的，可是，我看到她漂亮的眼睛里，激荡的水光似马上就要溢出。

那时候，你对我的照顾，已经很明显。班上许多同学都在传，我们是一对儿。连肖宁都加入了混乱，有一天，他当着很多人的面趾高气扬地在操场上拦住你，他说如果你以后敢对不起我，他就不放过你云云。

你当时很尴尬吧？

我没有见到当时的情形。肖宁做很多事情的时候，都喜欢背着我。情人节、圣诞节他来我们班发过好几次巧克力，都是在没有我的时候进行的。所以，我也从来不相信那些什么他喜欢我的谣言。当然，我也不关心肖宁会喜欢谁，我只关心关于你的事。

张佳佳告诉我，你当时什么也没有说，只是点了点头。

10

拜肖宁的高调所赐，高三时，连你养母都已经知道了你正在与我"交往"的事情。家长会上，我妈妈面对你养母热情而主动的攀谈有些无所适从，你曾试图过去阻止，但没什么效果，你只能尴尬而无奈地向我道歉："抱歉，我妈妈她……"

我说："我妈妈沉浸在与我爸的悲剧婚姻里多年，正需要有事情分散她的注意力呢。"

我不需要你的抱歉，真的。如果一个男孩对与我的关系有所期待，便不会觉得他的母亲与我的母亲交谈是一种抱歉。

如果你不向我说抱歉，那应该多好。

高考被命运的巨轮载着，轰隆隆而至。张佳佳问我准备考哪所大学，我看着她的眼睛，说："周一航去哪里我就去哪里。"

张佳佳沉吟半晌，半哑着声音问："我也一起去，好不好？"

好呀。好的。好吧。

当时，我们三个人的成绩不分秋色，前三名的位置被我们霸占着，谁也挤不上来。可是，明明有三个位置，却总感觉太挤了。所以，注定有一个人要远走。

我想，张佳佳也是这样想的，所以，一开始明明说好一起去北国，她却临时把志愿改了南方。

我是最后知道这个消息的人，开学的时候，我在车站只见到你，你说，佳佳去了广州。

我的心忽地就落到了地，可是，又被你若有所失的眼神高高地再次悬起。

11

冰城的秋天真冷。冻得我原本就差劲儿的身体每况愈下，圣诞节刚过便住进了医院，重感冒，肺炎，高烧，持续呕吐。详细检查后，医生说，受伤的部位疑似有变化，最好选择做手术。

我拒绝了。我说我不要变成傻子。

其实如果你真的喜欢我，变成什么，哪怕是消失的灵魂，也没有关系。

可现在不在你心里的我，不但怕自己变成傻子，还怕我会忘记你。

所以不。

你试图劝我："看到你这么痛苦，我们都很难过。"

你不说"我"，而是说"我们"。我知道这个"我们"里，包括了张佳佳。

我边摇头边对你微笑："你看，我很聪明对不对？即使缺了那么多课我也和你一样考上了大学，而且我有钱，还漂亮，对不对？我还有爱我的外公、外婆、妈妈、舅舅，对不对？我还有你对不对？上帝给了我这么多东西，这点儿身体的苦，不算什么的。"

真的，若你能这般一直留在我身边，哪怕只是一个朋友，再多的苦难，也不算什么。

元旦的时候，我在连日的低烧昏睡中听到了你和张佳佳的说话声。

你说："她很坚强。"

张佳佳说："我比你了解她，她从来没有这样在意过一个人。没有我，她只会寂寞。可没了你，她会痛。"

半梦中，我的眼泪奔涌而出，这个世界上，大概再也没有人比张佳佳更懂我，也再没有人比我更懂她。她在我唯一的一次张牙舞爪地准备抢夺的时候，选择了步步退让。

12

大约是因为我妈妈的请求，也是因为你心疼我的"坚强"，又或者是因为张佳佳的决心退让，你对我，真是好得不能再好。自习室占座、打饭、打开水，半夜把快烧晕的我背去医院不离左右。

所有的人都把你当成是我的男友，所有的人都羡慕我的幸运，沉稳帅气优秀的你，是如此体贴细致地呵护着我。

只有我自己知道，我们之间，什么也不是。

你在我身边，是朋友，是兄长，甚至是监护人，可是不是男友。

你善良，隐忍，平和，可是你不快乐。

我，还有我的家庭，像一张柔软又坚硬的网把你紧紧地束缚住，你寸步难行。妈妈为了感激你，与你的养母约定，负担你读大学包括将来出国留学的所有费用。你为此挣扎过，但你的养母十分坚持离异的她无法独自供养你。

大一寒假，你把我送回家后就去打工了。是一间宠物店，我去了一次后就病倒了。我体质太弱，导致对猫毛敏感，结果在医院里躺了一周。我出院后，你说你换了工作，现在在西餐店打工，因为过节，薪水很不错。

我天天捧着一本书去你打工的西餐店吃饭，连老板娘都知道你的"女友"爱你成痴，唯愿寸步不离。你看着我的目光，又忧伤彷徨又无可奈何。

肖宁也三不五时带着狐朋狗友来吃饭，把好好的一间西餐店弄得闹哄哄一片。他的朋友对你充满了敌意，时时为难。

我去质问肖宁，肖宁瞪着眼睛吼我："全世界都知道为什么，就你不知道。"

13

我确实不知道。

肖宁说,七岁那年的圣诞节,因为他平时在学校里捣蛋调皮,谁都没去参加他的生日派对,只有我去了。他说从那天之后,就发誓除我之外再也不去喜欢其他的女孩子。

肖宁还说了许多事,可是,我连圣诞节就是他的生日都记不起。他苦笑着说:"我知道你记不得了。所有的惊心动魄,不过是因为我心里有你。"

晚上你送我回家的路上,我问你:"你记得第一次和我说话是什么时候吗?"

你仔细地想了半晌,回问我:"是高一开学的时候吗?那天你和张佳佳站在分班布告那里聊天。"

不是。那天我们没有说过任何话。你记得那天,是因为从那天开始,张佳佳的光,照进了你的心里。

而我是记得的,那天刚考完试,我晕眩无力几近摔倒的时候,恰巧遇见你,而你给予了一句温柔的问候。

"喂,同学,你没事吧?"

怎么会没事?那天之前,你早已悄悄住进了我的心里,那天之后,你在我心里似风暴肆虐,你所经过的地方,既寸草不生,又春意蓬勃。有多少次,我看着你看张佳佳的眼神时,心痛得几乎要死过去。又有多少次,在你问我"今天还好吗"的时候,葱葱郁郁地活过来。

我一直是绝望的,可又一直是带着无限希望的。

所有有关你的细节,都是我心里惊心动魄的事,而让你惊心动魄的事,都有关于张佳佳。

14

大二,你一边准备考研一边打工,忙得像一道闪电。

我知道,鹰在积蓄力量,他想飞。

我变得积极许多,你去打工的时候,我去自习室帮你占座;我帮你去借资料;我帮你打饭;我帮你整理笔记。

我也在准备考研,看到你买了雅思的资料,我也悄悄地在背。

如果你要飞,我忍不住想跟你一起飞;如果你考上了别的学校的研究生,我也想跟你一起走。

我还想变得独立一些,开朗一些,更好一些。我想让自己站在你旁边的时候,不仅仅只是一个可怜的、羸弱的、被你同情的女孩，而是一个像张佳佳那样可以自带光芒的发光体。

巨大的压力不但来自心理也来自生理，我病变的创口终于不堪重负。

进手术室之前，我用仅存的一点点意识，像生离死别那般，一把抓住你的手，你说："别怕。会好的。"

是的，我在害怕，我害怕手术会失败，我会变成一个忘记了你的傻子。我也怕手术会成功，羸弱的我尚能留住你的同情，健康的我要如何面对你喜欢的人不是我的现实？

我面色青白、眼泪滂沱、狼狈不堪地在我以为的人生最后时刻向你表白了："周一航，我喜欢你。对不起，我是真的真的太喜欢你了。"

我看不到你当时的表情，也不记得你当时回答了什么，甚至不记得你听到了没有。我只记得你的手，温暖而厚实，柔软而又有一些微不可察的茧。

那是我第一次握你的手，也是，最后一次了。

15

我在手术中做了一个可怕的梦，我一直站在某个角落看着你并不快乐的微笑，伤心地哭泣，一直哭，几近窒息。

三天之后我醒了过来，你紧紧地握着我的手，忧虑的青色胡楂从你的下巴上冒出来，有一点儿颓废有一点儿美。

"你醒了？还好吗？头痛不痛？"你问得细致而关切。

我慢慢地，一点儿一点儿地，把我的手，从你的手里抽出来，就像让花朵离开了枝头那般缓慢而痛楚。然后，我强忍着眼泪，问你："你是谁，我妈呢？"

你和张佳佳，小心翼翼地试探过我好多次，问以前的事，问一些我们曾经一起经历的细节。甚至直接问我："你真的忘记了吗？周一航是你最喜欢的人呀。"

我认真地回忆认真地想，然后摇头："抱歉，真的不记得了。我有那么喜欢过一个人吗？"

你用认真而又担忧的眼神看着我，那眼神我懂，你心痛我遭遇的不幸，也庆幸我的忘记，你不希望我记起，我是那么那么喜欢你，因为你没办法给予我同样的喜欢。

"我真的，那样喜欢过你吗？"我这样问你的时候，仔细看着你的眼睛，就像第一次与你相见，你是这样完美的一个男生。我的眼睛里有欣赏吗？我藏好了我的忧伤吗？我完美地收好了我的疼痛吗？

你点头的时候，我笑了，我说真的呀，我喜欢过你呀。我说："喜欢过了就算了吧,那些喜欢一定是手术的时候丢掉了。"

你将信,张佳佳将疑。

可我已决意要走我的路,冰城太冷,我决定去加州。

上帝让我成为成功手术的幸运儿,我决定从此必须要独自走过没有你的路。

16

张佳佳在视频里问我过得好不好,我说:"你不来太可惜了,加州海滩上帅哥一抓一把,根本看不过来。"

张佳佳又问:"你真的不喜欢周一航了吗?"

我说:"哦,你是说那个我曾经喜欢过的周一航吗?"

我终于终于,慢慢向着阳光,成为我想成为的样子:乐观,开朗,微笑的时候像迎着阳光盛开的花朵。

而所有的人终于都相信我彻底忘记了你。

来加州的第二年,张佳佳终于告诉我,她恋爱了,和我曾经喜欢过的人。

我说:"恭喜你呀,要请我参加婚礼呀。"

张佳佳说:"何绾绾,你变了许多。但是我真高兴你变得快乐了。"

你一次也没有与我联系过,除了偶尔作为张佳佳的男友,然后是未婚夫出现在视频里,身影像掠过的飞鸟,稍纵即逝。

快得都来不及落泪,我在视频的这一边,笑得仍似一朵花。

"挥剑斩情丝"这个词是谁发明的?情丝哪里能斩得断?挥手时越狠,痛得便越深,再丝丝长出来时,便越坚韧。

我一次又一次地对自己痛下狠手,把牙咬碎了忍着,心似粉尘地等着,忍着疼痛一点儿一点儿地涌上来,再一点儿一点儿地退下去。等着时间缓缓为我的伤口蒙上尘土,等着风从空旷的心呼啸而过。等着自己,终于变成了真正坚强的样子。

17

此刻,我就像很多年前想成为的像张佳佳那样阳光活泼的女孩,用盛开的花朵一样的笑容,参加了你的婚礼。

你笑得真幸福呀,我从来没有见过你露出这样满是甜蜜与阳光的笑容,我知道那是属于张佳佳的,独一无二,只她一人。

张佳佳笑得真美呀。她那个家伙,每次都像个大笑姑婆一样笑得见牙不见眼,可还是美,美得快让人睁不开眼睛。

"眼睛不舒服吗?三亚的太阳还是太亮了,对吧?"身边的肖宁,小心翼翼地拿出墨镜,微笑而专注地替我戴上,"嗯,我的眼镜也很适合你。"

"那就送给我吧。"

"好。把我整个人都送给你也行。"

"不要。"

"我如果也能像你一样失忆忘记自己喜欢的人就好了。"

连肖宁都相信,我早已经忘记,我曾经那么那么地喜欢你。

可是,我没有。

18

周一航,你知不知道,高二那年春天,家门口路两旁的樱花开的时候,每一次在你来之前,我都一棵一棵地拜托它们,希望它们能带着我对你的心意,轻轻地落在你的肩上。

周一航,你知不知道,当我问你,我喜欢过你吗,你诚实点头的时候,我的心欢欢喜喜地碎成了碴子,却又用那些碎片,拼成了喜欢你的样子。

我那么那么地喜欢你,最不舍得让你不快乐。

所幸,我终于独自走过了那段荆棘满布的路,成为我想成为的样子,看到了今天幸福地笑着的你。

虽然,我仍满怀忧伤。但没有什么结局比此刻更好,不是吗?

南风知我意

那朵艳艳红花落在院里的青石板上,又激烈又安静,又悲伤又无奈,像谁家少年错付后收不回又无处可去的心。

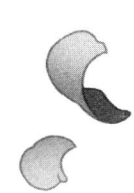

1

沐之杉一直对魏南风的印象很差。

放学路上,有个小偷抢了一个游客的包在路上狂奔,那名女游客在后面气若游丝地喊抓小偷。

小偷从沐之杉身边跑过,差点儿撞到了他。

沐之杉浓密好看的眉轻轻地锁了一下,又松开了。他并没打算去追小偷,自己的包,为何不自己看好,出了事才喊叫,多半徒劳无功。

魏南风像一支利箭般不知道从哪个角落蹿了出来,山地车的速度很快,直直地撞上那个小偷的后背将他撞倒。

魏南风随后扑了过去,虽然瘦削却由于练过武术,十分有力道的拳头落在那小偷的脸上,一拳就把小偷打晕了过去。

你没看错。

是打晕了过去。

沐之杉再次深锁着眉,别开了脸。然后快步离开。

他简直不能接受一个女孩子这样力大无穷、粗鲁无比,简直颠覆了他对女孩子们所有的美好的想象。

魏南风偏偏在后面追上了他,骑着山地车,一条腿撑在地上横在他面前:"沐之杉,你是不是个男人呀,看到小偷都不出手抓!"

"抓小偷是警察的事,我只是个学生。"沐之杉的眉锁得更紧了——这女生多管闲事的样子也很讨厌。

"沐之杉,你是蛇吗?这么冷血。"十六岁的短发少女气得杏目怒张,沐之杉看到她气呼呼的表情,完全不明白心里那阵畅快因何而起。

那时候沐之杉还不知道,原来一个人喜欢另外一个人,有很多表达方式,其中有一种,甚至是不喜欢。

2

沐之杉这样的人,本来是不会与魏南风这样的女孩有什么交集的。

沐之杉姓沐。

你知道姓沐在云南大理代表着什么吗?

是明朝最受帝宠的异姓王爷的后裔。

当然,在旅游业已经很发达的如今,但凡在大理姓沐的都敢声称是沐王爷的后人。

但沐之杉家是不一样的。

他们从来没有对任何人声称过他们是沐王爷的后裔,因为祖父说了,他们就是,所以他们不用说。

沐之杉与父亲是警察的魏南风是邻居,住在大理某条街道的某一条小巷子里,每天低头不见抬头见。

清晨天边微明,魏南风就会与父亲去负重跑步,回来后会在院子里练拳。

沐之杉也会去跑步,但他回来后会在阳台看书喝茶,但多半会被隔壁院子里魏南风打拳的声音打断。他脸色微愠地回屋吃早饭。

"小南又在打拳呢。"早餐桌上,他一脸不高兴。可祖父在笑,父母亲也在笑,那笑让沐之杉有些莫名其妙。

上学的路上,沐之杉走出巷子搭两站公交车。时间早的话他会选择走路去学校。而魏南风总是骑着她的山地车,风一样从沐之杉身边掠过,风扬起她的短发,腮帮子鼓鼓的,还在吃着早餐。

就不能吃完再走?

明明知道她不可能听见,但沐之杉偶尔会忍不住嘟哝一句。

那个时候,沐之杉还不知道魏南风在他的生命里藏得有多深,深得在他这一生中,不管遇到什么样的女孩子,都会下意识地和魏南风做一番对比。

3

那天很晚了,隔壁小院里的灯都没有亮起,沐之杉只觉得心里怪怪的,有点儿空落,夜里的梦飘飘浮浮,他醒得很早,下楼吃早饭的时候,家人都沉着脸。

魏南风出事了。

就是那个小偷的事。那帮人是有组织的,专门偷抢游客。被魏南风打晕抓进去的那个贼,是头目的弟弟。那帮人为了报复魏南风,就在放学路上把她掳去了。

这一夜过去,人还没有找到,都不知道出了什么事。

沐之杉放下碗筷就出门了。

那一天沐之杉逃课了。

他虽不似魏南风那般好多管闲事,但他心细如发。每天在路上走,他知道好几个小偷的动向。

还真让沐之杉找着了地方。只是他还没来得及给魏叔叔打电话,便被人发现了。

沐之杉从来没有见过那么狼狈的魏南风,满身满脸的伤痕,衣服都破了。

沐之杉被狠推了一把，跟跄倒在魏南风的面前，他有些尴尬地爬起来，没忘记脱下校服外套披在她的身上。

魏南风一只手臂脱臼了，一双眼里挂着血丝，闪着恨意的眸子像世上最珍贵透亮的宝石，让沐之杉都有点儿不敢直视。

"笨蛋，你来这里干吗？"

"来看看你多管闲事的下场。"

"看到了开心吗？"

"很痛快。"

那一瞬间。魏南风眸子里的愤怒都快要烧起来了。沐之杉别过眼睛，不想承认看到她为自己的话生气心里真的挺……不一样的。

两个人的父亲与警察来之前，沐之杉和魏南风坐在地上，两个人不再看对方一眼，也没有再说过话。

沐之杉后来认真地回想过，魏南风从来没有温声细气地同他说话过。而他，也长年累月维持冷漠疏离从不曾改变。

4

大理专门祸害游客的小偷团伙被警方一网打尽的新闻在电视、报纸上热闹了好一段时间，大家都说警方做了件好事，都夸魏警官英勇。

但在沐之杉的周围，流传的却是那个团伙头子在法庭上对魏警官喊的一句话："你抓了老子，老子也抓过你女儿。不吃亏！"

碎嘴而八卦的人们扩大与深入地讨论着这一句话，关于魏南风的谣言此起彼伏。

沐之杉只记得传到自己耳里的时候，向来温文尔雅的他忽然有一种冲动，想把那个多事的家伙揪起来暴打一顿。

魏南风也已经上学了，手伤未愈，没有骑她的山地车，沉默地在路上走着。短发长了一些，几乎盖住了她的侧脸。

沐之杉无法想象她的神情。

没有人敢去问魏南风关于传言的事。只是，大家都在窃窃私语，很少有人再与她走近。

有天放学后，路上有个老太太说丢了钱包在哭，魏南风目不斜视地走了过去。

倒是走在后面的沐之杉走近，将那老太太落在水果摊小角落里的钱包捡起来还给了她。

清晨，沐之杉站在阳台上，看着隔壁院子里那个一动不动的沙袋发了好一会儿呆，心莫名地在微微颤动。

出事后，魏南风因为有伤，已经好多个早晨没在院子里练拳了。

5

吃早饭的时候，沐之杉对祖父说，他想练一些防身术。祖父答应了。

那天之后，沐之杉每天早起一个小时，跟着祖父练沐氏剑法。

沐之杉觉得剑术这东西有些花里胡哨，远不如魏南风的拳头来得实在。但祖父说，一样东西，你把它练到极致，就必定有用。

祖父将沐家剑法舞得行云流水，剑风过处，院里那两棵石榴树的枝叶都似有风声。

沐之杉有好几天，没有在路上见过魏南风了。

她请假了。

隔壁院子里的沙袋仍静止不动，那安静的样子寂寞至极。

楼下，祖父请魏警官喝酒。

酒至半酣，魏警官说起了女儿，声音有些哽咽，说，想让她到昆明去继续上学。

祖父说，他认识一所学校的校长，可以帮忙打个电话联系。

魏南风走的那天，大理一如既往风和日丽、鸟语花香。

沐之杉躲在汽车站的一根大柱子后面，看着身形消瘦的魏南风跟在魏警官后面上了去昆明的大巴车。

风微微扬起了少女的短发，她的唇角微微地抿着，连纤巧的颈线都透着一股倔强。

沐之杉发现魏南风长得真的挺好看的，常年大量的运动，让她看似消瘦的身材显得线条流畅，肤色是淡淡的麦色。最好看的是她的眼睛，不是深邃的黑，而是一种看得见的棕色，明净透亮，像猫的瞳，又像是世间绝无仅有的宝石。

从汽车站步行回家的路上，惆怅像雾一样笼罩在沐之杉的心头。

为什么会惆怅呢？他没有想过。

只想，得找个机会去那个学校看看，不行他也转学过去好了。

6

沐之杉向祖父提出也想转学去昆明读高中的时候，祖父沉吟半晌，问他为何要去。

沐之杉沉默了许久，说不出理由。

祖父说，大丈夫连自己的心都没认清楚，还是以后再说吧。

沐之杉没去的原因还有一个,他母亲旧疾复发,作为唯一的儿子,自然不能在此时远离。

那两年时间里,沐之杉去过好几次昆明,但都是和父亲一起去陪母亲看病。安顿好母亲后,沐之杉就会跑到魏南风的那个学校里。

那是一所贵族私立高中,学校管理十分严格,第一次去的时候,沐之杉被拒之门外了。

沐之杉知道那是祖父的投资之一。第二次去之前,沐之杉从祖父的书房里拿了祖父的印信还有校长的电话,这才顺利进去了。

在楼下等魏南风的时候,沐之杉一手提着一些零食,一手插在衣兜里,手心里微微地渗着薄汗。

半年不见,魏南风又长高了些许,还是瘦,头发长了,皮肤白了。

"干吗?"只有那调调还是一样,十分看不上沐之杉的样子。

"你以为我愿做邮差呀,又没工资。"沐之杉冷着一张脸把手里那一大兜零食递过去。有些是魏警官买的,有些是他自己去超市里挑着最贵的买的,他刻意地把它们混在一起,不肯承认另一个温情的自己。

"有没有偷吃?"魏南风劈手接过,包装袋哗哗地响着,沐之杉的心密密地跳着:"就这点儿破零食,我至于要偷?"

"量你也不敢。"比他低半个头的少女扬了扬拳头转身上楼了,背影挺得笔直,脚步迈得飞快。

喂,你还好吗?

这一句话,在沐之杉的胸臆里千回百转了万遍,最终还是缩回了慢慢移开视线的眼眸深处。

7

魏警官偶尔来与祖父喝酒,会提起她。

说她再不肯练武了,倒是没想到认真学起功课来也不算差,还说女孩子家不动刀枪的挺好。

还说,上次去看她,有个男孩跳出来,非要拜他做岳父。

魏警官的原话是:"那男孩还挺好的,就不知道小南喜欢不喜欢。我们小南是个有主意的,她要真喜欢,我们也不拦着。原本还以为她和之杉一起长大……哪里知道俩孩子小时候还好,长大了倒互相看不顺眼了……"

祖父不无遗憾地说:"孩子的事,由孩子们自己做主吧。"

厅外走廊暗处站了许久的沐之杉悄悄回到房间,才发现自己的拳头握得死紧,指甲都陷进了手心里。

心里的愤怒是不是来自那种叫作嫉妒的情绪,沐之杉没去仔细分辨。只是无端地觉得魏南风真让人生气,怎么小小年纪,就有人跑到魏警官面前说什么女婿、岳父!

十八岁生日过后,沐之杉的母亲终于难堪病痛离开了。

在灵堂上见到魏南风的时候,沐之杉的心已经痛得有些麻木了,他一直都没有掉眼泪,心里一边觉得母亲走了也好,以后她就再也不痛了。一边又觉得,母亲走了,以后便再也没有母亲了。

魏南风此刻竟披了麻又戴了孝,进来就在沐之杉旁边跪着,父亲觉得过意不去,魏警官说,魏南风母亲走得早,从小就是沐之杉母亲给照料着,做女儿送一程也是应该。

沐之杉一直没哭,也没说话。

魏南风亦然。

母亲上山入土时,魏南风开始低头抹眼泪,终没哭出声,只是一直抹一直抹,从山上回家的时候,袖口都是湿的。

沐之杉觉得自己身体里的水在那一天全都变成了无法流出来的眼泪。

8

高考的时候,沐之杉报了公安大学。

祖父对他的决定十分惊讶,末了又说,祖上原本便是打仗出身,从军也不稀奇。倒是魏警官十分高兴,提着酒来找祖父小酌时叫上了他,言语间竟十分欣慰。

魏警官甚爱自己的职业,本想培养自己的女儿,未料中途有变,魏南风成了艺校生,从小练武的身手,竟变成跳舞去了。

魏南风假期回来的时候,也在院子里做基本练习。

那个陪了她十多年的沙袋被放了下来,孤寂地在一个角落里蒙了尘。

魏南风随着音乐跳跃的样子甚是好看,她完全留了长发,侧影线条优美。

在邻里眼里,魏南风变成了另外一个样子,但沐之杉看她的时候,总能将此刻的她与那个风一样的少女慢慢重叠。

高考完的那个夏天,沐之杉见到了那个传说中非要做魏警官女婿的男孩。

特别普通的一个男孩,戴着眼镜,面目顶多算清秀,个儿才比魏南风高半个头,穿一件很普通的T恤和牛仔裤,觍着脸住进隔壁家的客房里,每天向魏南风与魏警官各种献殷勤。

　　清晨，沐之杉在院里子练着剑，风雨无阻的几年练下来，他的招式倒真是有些样子了。

　　练完一个小时后，听到隔壁阳台上有人使劲儿在鼓掌："喂，你的剑耍得漂亮！能教我吗？我叫赵磊。"

　　听听，连名字都那样土气的一个男孩，怎么配得上魏南风的喜欢？

　　"他会教你才怪。人家可是骄傲的贵族。"魏南风的声音隔着院墙传了过来，没有看到她的人，但仅仅只凭这声音，沐之杉都能想象她的脸上，是怎样一种不屑。

　　沐之杉没有回话，只是在剑锋收回的时候，剑尖儿斩落了一朵开晚了的石榴花。

　　那朵艳艳红花落在院里的青石板上，又激烈又安静，又悲伤又无奈，像谁家少年错付后收不回又无处可去的心。

9

　　沐之杉的大学生活十分忙碌。各种体能训练自然难以避免，为求做好，他自然不敢偷懒。

　　不知幸或是不幸，魏南风的学校与沐之杉的学校同在一个城市，只是一个在城南，一个在城北。

　　北京这样大，说近也真不算近。

　　沐之杉隔几周会去看魏南风一次，起初是以魏警官所托做借口。

　　"干吗！"魏南风每次看到他都没好气，完全不像其他那些被沐之杉的帅气吸引了目光的女生。

　　"能干吗？魏叔叔让我来看你。"沐之杉冷着脸掏出手机对准她的脸："来，笑一个。"

　　"沐之杉，你很闲是不是？"魏南风当然不会笑，她只会瞪他。

　　"我不闲。我只是帮别人来联络父女感情。"那年出事后，魏警官与魏南风的感情就差了很多，上了大学后，魏南风甚少打电话回家。

　　那几年，沐之杉有好多张魏南风各种各样瞪着眼睛的照片。女孩的眉目一点儿一点儿地变得精致美丽，表情却是一样的，浅棕的眸子像谜一样，沐之杉天天看，看很久，但猜不透。

　　去找魏南风的次数多了，便有几个魏南风的朋友看上了沐之杉，其中有大胆的当着魏南风的面过来要沐之杉的手机号码，也有直接说："喂，魏南风，真不是你男友就介绍给我吧。"

魏南风冷冷地哼道:"要成早八百年就成了,哪里会等到现在?"

沐之杉和其中一个女孩约会过。那个女孩和魏南风一样高,留魏南风一样的发型,眸子的颜色也有些浅。

他们一起吃了晚餐,去看了电影。从电影院出来的时候,女孩的手碰到了他的手,沐之杉像触电一样,有些惊惶地甩开了。

心里一声轻轻叹息,感觉却很强烈:不是她,怎么可以?

10

后来沐之杉再去找魏南风,其他女生便不再围过来了。

"沐之杉,别再来找我,好不好?你很烦。还有,你为什么要打赵磊?"魏南风对他的态度一直没有变。但仅仅只是对他,对其他的男生,都笑得像一朵开在绿枝头的石榴花。

"我没有打任何人。只是有人要对我动手,结果他不小心从台阶上摔了下去。"他真的只是避了一下,完全没有动手。

沐之杉的语气仍然平静无波,他对于自己被谣传成魏南风男友这件事情很满意;对于赵磊跑了一千两百公里来找他单挑这件事情也很满意;对于从赵磊嘴里知道原来赵磊死缠烂打几年仍然与魏南风不是男女朋友关系这件事情更满意。

"沐之杉,你是在追我吗?"魏南风忽然问这句话的时候,目光瞬间变得特别冷。冷得沐之杉情不自禁地打了一个寒战,手掌似遇到什么危险般下意识地微握成拳。

是又怎样?

沐之杉很想回答这一句,但他答不出来,有千万种念头从他心头奔腾而过,只是不敢回答。

"别自作多情。

"你知道我有多讨厌你。

"我这一辈子,都不会喜欢你。"

三句话,魏南风都是说完一句之后稍微停顿了一下才说下一句。

一句比一句冷。

一句比一句绝。

可她转身离开的背影挺得笔直,脚步飞快,像一支又硬又冷的箭。

可是她看起来好伤心。

11

那天之后,沐之杉加入了特警队,封闭式的训练更加严苛,完全没有假期,有长达一年的时间,他都没有时间再去找魏南风了。

再见到她时,已是匆忙的毕业季。

她穿了条牛仔短裤,两条腿又长又直,上衣是白色的,显得她又高又瘦。赵磊像个尽职的仆人,又像个卑微的爱慕者,大箱小包地提着她的行李。

大概是因为沐之杉太久没有出现,所以魏南风的眼神有一瞬间的恍惚,但她很快就整理好了情绪:"看来警校真不是人待的地方,像沐王爷这样的人,都会变丑这么多。"

沐之杉知道自己的样子挺狼狈的,野外训练回来一有假期便马上来找她了。集训中他身上、脸上都有不少挂彩的地方。

"魏南风。"他很少叫她的名字,虽然经常在心里念念不能忘。

"干吗?"这两个字早已成她见他时的口头禅。

"你上次问我,是不是想追你。"他停顿了一下,这一年来严酷训练中咬着牙想起她的情形在脑海里一幕一幕地快速闪过,"答案是肯定的。"

魏南风当时沉默了多长时间?一秒,还是两秒?或者是好几秒,不记得了,只记得她冷冷一笑,说:"我有男友了。"

之后,一只手放进了赵磊的臂弯:"赵磊,告诉他我们交往多久了。"

"半……半……半年。"

沐之杉想,当时自己的眼里一定杀气重重,把赵磊都吓得结巴了。

要不要说一声祝福你们呢。

但是,他说不出口。他像一块绷紧的岩石一样站在原地,看着魏南风与赵磊相携走远,远到背影成了小小的黑点,那黑点又像一滴墨一样滴进他的心里,瞬间散开。

顿时觉得,天都黑了。

12

沐之杉加入特种部队那一年,听说魏南风进了南航做空姐。

那三年里,他搭了好多次南航的飞机,只见过她一次。

在机场里,他正要上飞机,而她刚落地。

他站在候机厅,隔着玻璃看着她与几位同事拉着行李箱从楼下走过,仍是又瘦又高。脸上化了淡妆,却没有她不化妆时好看。她和同事在说着什么,脸上都有笑容,只是眉宇间似有些落寞。

她与众不同。

她从来与任何一个人都不一样，独一无二。

她仍与赵磊在一起，但两个人的关系似乎并不好。

27岁那年夏天他回大理，看到在昆明教书的赵磊来看望魏警官，魏警官快退休了，有很多空闲，便在院子里重新挂起了那个沙袋，还教赵磊打拳。赵磊打得并不好，魏警官叹说他连十几岁的魏南风都不如。

一墙之隔的沐家，沐之杉与祖父在院子里练剑，祖父几招便被沐之杉杀气腾腾地压了下去。

扶祖父回屋休息的时候，祖父忽然问了句："你心里这样愤怒，是为了小南吗？"

与十六岁那年的不知所措不同的是，这一次，沐之杉说了一声抱歉，默认了。

是。

他的心里有许多的愤怒与不甘。

他一直跟在她身后，想让她知道，她只要一回头，他就在。

他等了这些年，一直想让自己相信，这个世界上没有等不到的人。

可是，令他难以接受的是，他不去联系她，他与她之间，竟真的没有联系了。

每每深夜无眠时，每每孤寂无人处，他都需要扼腕死忍，才能忍住心头弥漫不去的疼痛。

13

那天夜里，沐之杉拎了一扎啤酒和赵磊在门口台阶上喝。

赵磊人看起来很菜，酒量也很菜，几罐啤酒下去，人就迷糊了。然后沐之杉就一直听他在自言自语地说魏南风。

说魏南风长得好看。

说魏南风和别的女孩不一样。

说魏南风有埋得很深的心事。

说跟着魏南风走了这么多年，人都走到她身边了，却走不进她心里。

说魏南风越走越远了，他跟着跟着就要跟不上了。

最后赵磊哭丧着说："沐之杉，你说你这么完美干什么，你害我们小南都自卑死了你知不知道！你明明见过她最狼狈的样子，你还事事做得这么完美优秀，你是想让我们小南伤心死吗？"

沐之杉将喝醉的赵磊送回去后，自己在台阶上坐到了天亮。

想起很小的时候，魏南风留着蘑菇头的样子。那个时候她就很野蛮了，对一个调皮小子挥起小拳头揍人家，嘴里嚷嚷着："让你抢沐之杉的东西！谁敢欺负沐之杉我揍谁。"

就是从那时候开始的吧。他觉得她小小年纪好暴力，于是讨厌她。她讨好他得不到回应，便也恶语相向。

如果当时他不那样冷漠，先出手抓那个小偷就好了。那样，魏南风便不会受那样的伤害。

但世界上有很多的后来，就是没有如果。

清晨的时候，沐之杉打电话给魏南风，他是这样说的："魏南风，我还在追你。你有本事就跑一辈子。"

电话那头沉默了很久。

真的很久，才听见魏南风的声音似好不容易武装起来那般回了一句："沐之杉，你神经病呀。"

沐之杉笑了，他第一次，用很温柔又很坚定的语气对她说话，他说："魏南风，来日方长，你会知道我是不是说真的。"

他对魏南风说，等他完成这个任务回来，就要向她求婚。从此之后，求到她同意为止。

那时候，他还不知道一些事没有来日方长，有些人会乍然离场。

14

约好的那一天，魏南风确实在家里等沐之杉了。她还穿了一条裙子，米色的，显得又温柔又好看。

但沐之杉晚了一点点赴约。

任务出了一点儿问题。

那是一桩他跟了两年的案件，涉黑与贩毒，最重要的是，那个关键人物，就是三年前从牢里出来的，当年掳走魏南风的那个人。从他出来开始，沐之杉便紧盯着他，势必要让他再进去，永远无法出来。

从当年他在法庭上喊出那句话开始，沐之杉便对他恨之入骨，欲除之而后快，好不容易有了机会，又怎肯轻易放过？

但也许是他太心急了，暴露了行踪目的，正当他们准备全面收网时，他最想抓的那个人，不见了。

打不通魏南风的电话，沐之杉往她的住所狂奔的时候，内心几近惊惧欲裂。

他从未如此愤怒与害怕过，心里甚至有一个念头冲了出来：若她有事，便要这个世界都为她陪葬。

那天很多的细节，沐之杉都想不起来了。只记得自己被倒在血泊里的魏南风烧红了眼，挑断了犯罪分子的手脚筋，若非同去的战友拦着，他还差点儿当场把那个浑蛋打死。

似乎，他过去二十七年来从未出现过的狂暴与激烈都在那一瞬间爆发了。

永远失去魏南风这个信息冲击着他的大脑，他根本无法控制自己的行为。

后来整整三年的时间里，他都在接受心理治疗。

他成了那个比魏警官还难以接受魏南风遇难的事实的人。

他总是想，若这些年，魏南风还继续习武就好了。不至于那样容易受制，不至于……

他总是想，若当年那个小偷跑过他身边时，他出手拦一下就好了。

他总是想，他若是不逼得那个浑蛋走投无路就好了。

他总是想，他若是不管不顾什么破任务，先去找魏南风就好了。

他总是想，若是他能思虑周全一点儿走得快一点儿就好了。

一切都与他有关，这些想法像一张密不透风的网，一点儿一点儿收紧，每一天都令他几近无法呼吸。

15

过了三十岁后，沐之杉回大理做了一名普通的警察。

他的生活慢慢地恢复了正常，也慢慢地理解了"痛不欲生"这个词。

魏南风这个名字，总是把他刚结了痂的伤口反反复复地撕开，让他血流不止，很痛很痛但是又不会死。

祖父去世前，劝他说死去的人是回不来的，活着的人要好好活。

最后说了句，别叫小南看不起。

沐之杉的眼一下就红了，眼泪急迫地往外涌，就像受伤的困兽一样哭了半晚。

那是他记事以来第一次痛哭。

此后，沐之杉与一名女子相亲，结了婚，有了一对双胞胎儿女。

他为魏警官送了终。

他与妻子相敬如宾白头到了老。

他至死,都没有提起过魏南风这个人、这个名字。

他甚至把保存了多年的她的那些瞪眼生气的照片全都删了。

就像他清清楚楚地将她清除出了他的生活。

他一辈子都不曾再提起她。

在他心里,他的一生,早已经在魏南风走的那一天,就已经与她过完了。

我愿被你
永远依赖

有你爱着我,我在哪里都是自由的。只要你从此以后喜乐长安,你依赖、你脆弱、你爱哭、你幼稚,我都心甘情愿、欢欢喜喜。

1

黄闪闪，从懂事开始，我就从外公外婆的只言片语中了解到，父亲因为嫌弃你的残疾而离去。

你虽然有一条腿不太方便，为人又敏感又脆弱又高傲，但你长得还不错呀。而且是有名的编剧。电视上放的好些个电视剧都是你编剧的，你偶尔也飞来飞去地出个差开个会。你的化妆品衣服鞋子都是一般白领用不起的名牌，还在我刚出生没多久的时候，你就已经很有钱了，买了大房子，带着外公外婆一起举家迁来了省城。这么多年来，家里一直有一个全职保姆照料我们的生活起居。每年春秋两季你都会带外公外婆国内国外旅游两次。

你这样的女人他都不要，我的亲生父亲真是弱爆了。对于没见过自己亲生父亲这件事我感到挺伤心的。不过我很快就想通了，没爹就没爹呗，反正你那么有本事，我的日子过得比邻居那些有爹的孩子好多了。

我们的邻居，对你真是羡慕嫉妒恨。有时候我推着你出去散步，会有人不怀好意地说一句："豆豆真孝顺。闪闪以后你有依靠啦。"这种时候你从不与人客气，你马上就黑脸："瞧你这话说的，我不靠豆豆，就不能活啦？"

你从不对那些不怀好意的人客气，他们恶意，你就亮刺。

只是我没想到你也会刺伤我。

2

九岁生日后第二天，我和邻居的儿子因为一件小事吵了起来，他忽然说："黄豆豆你不要太得意，你连爸爸都没有。你妈是个残疾人嫁不出去了，她生你出来只不过是为了老了有个依靠，有个免费的保姆！"

我愣了一秒，暴怒，冲过去，抓住他的手臂咬了一口，血都出来了。

当着邻居父子的面，你拿了一把尺子要打我的手心。我问你："打我之前先告诉我，你是不是因为嫁不出去，所以才生下我，老了好有个人依靠，让我做免费的保姆？"

我这么问，本意是为了让你亲口否认那个信口雌黄的邻居的断言。我想，你常常对外人说将来不靠我也能活，你肯定不是那样的人。

未料你的脸当时就惨白了。你说："是又怎样？是你就不做我女儿啦？"你语气强硬而冷漠，在当时刚刚进入人际关系敏感期的我看来，你当时的反应又气又急，也许是恼羞成怒，或许还带着被人揭穿的窘迫。

我的脸也白了："他们都说，你生下我后怕我爸霸占你的财产就把我爸赶走了，这也是真的？"我问得很直接，我已经不止一次听到那样的谣言了。下楼去玩的时候，因为太闲了，我喜欢听大妈们东家长西家短地说人是非。

你没再回答，但是尺子打下来了，用力凶狠。

3

你打得真的很狠，那一尺下来，我的手心顿时就肿了。换作平时，我早就哇哇大叫着跑了。但那天我虽然痛得要死，却不肯跑，也不肯把手收回背后。于是第二尺又下来了。仍旧打得狠，十指连心，痛得我差点要晕厥过去。外婆心疼得要过来拦，你却对她吼了一声："妈，说好我管孩子的时候你们都不干预的！"

外婆只得把头扭开了。

邻居也不好意思了，嘴上讪讪说着"别打了，孩子知道错就行"，嘴上这样说，可人就是不走。平时我太调皮，又天生精壮有力，没少欺负他儿子。

第三下又狠狠地打了下来，我的整个手掌都红肿了起来，你却狠了心继续打。打一下，嘴里却咬牙切齿地问一句："知道错没有？"

偏偏我那天嘴硬，无论如何也不肯认错，两只手于是都被打得红肿。邻居终于牵着他的宝贝儿子走了。

门一关上，你手里的尺子一掉，眼泪一串一串地落了下来。

黄闪闪，那是你最后一次打我。

而我，不知道你外表的高傲并不是你的内心，你的"是又怎样"不过是句气话，你只不过爱面子，只不过喜欢争一口表面的气儿。

我却自以为终于找到了我身世的可恶真相。

4

从那天之后，我的身体里似忽然生出了一根反骨，我对一切都充满了厌恶，甚至仇恨。

尤其是对你。

抱歉，黄闪闪，那九年里，那么多次看到你跌倒在地，我冷眼看着扶也不扶。

也很抱歉，从那之后，我不再叫你妈妈，而是叫"喂"或者"黄闪闪"。

很抱歉，我不但开始对你冷漠，我还以言语为武器，一再刺伤你。

有天你试图告诉我大人的事情就该由大人去处理，小朋友们不用管太多，自己快乐就成。我尖酸刻薄地讥讽你："黄闪闪，什么叫自己快乐就成？那叫自私好吗？你以为每个人都像你这么自私这么变态吗？书上说生理不健全的人心理也很容易不健康，原来是真的。"我冷冷地看着你，用目光指责你赶我爸爸走，指责你和他在一起只是为了生下我给你养老送终。

九岁的我因为看了足够多的电视，读了足够多的书，牙尖嘴利思想激愤，本来话就不多的你被我骂得哑口无言，有时候气得扬手想打我，却因为我站得离你越来越远而作罢。有时候你也气得哭，虽然我小小年纪，心肠却似铁打般，只远远地冷冷地看着你，或者干脆转身走开。

外公外婆想过很多方法想让我们和好，但我拒绝配合。真不知道九岁的我那时候哪里来的冷漠与决绝。

十一岁那年我离家出走过三次，最后都被你找到了。

你非常聪明，而且揣摩人心的本事一流，你早就看出来我有去意。你悄悄派了保姆和外公外婆盯着我。

5

第三次出走途中，我差点被人贩子抓住。被警察送回家的时候，你黑着脸坐在客厅里一直不说话，外婆哭了，最疼爱我的外公气得说不出话，直吞保心丸，连一向不多说什么的保姆都责备我不懂事。

我以为你会像之前那两次一样，一边叹气一边求我不要再让大家担心。

但这一次你没有。你拄着拐杖站在我面前，有些瘦削的身体居然站得特别特别直，就像一根绷紧了随时都会断掉的弦那般直。

你用一种大概是哀伤又大概是愤怒的却无法言说的目光直直地看着我，看得已经顽劣不堪的我有那么一点点头皮发麻。

你就那么盯着我，盯了好一会儿，才说话："黄豆豆，你想走可以。但要到了十八岁再走。别让人说我遗弃幼女。十八岁高中毕业后，你可以离开我，离开这个家。随便你去哪里都可以。但有一点，请你靠自己的本事走出去。"

黄闪闪，当时我想，哇，原来黄闪闪还这么狠呀。

有三秒钟的冲动，我想把衣服脱下来扔给你，把小行李箱扔给你，然后走掉，走得远远的，哼，以为我没你不行吗？

三秒之后，我想起了这三次失败的出走所遭遇的种种，我得防小偷，防人贩子，防骗子，我没有身份证，我甚至还小得不能自己去挣钱养活自己。

现实是残酷的。我没你真不行。真悲哀。

6

但我接下了你的战书。我会靠自己的努力，高傲地离开你，离开这个家，不接受任何挽留。

你做得也绝，再也不似以前那般对我了。家里不再有吃不完的高级零食，看中的玩具更是想都不要想。我想去买一本资料书，你都要我拖一周的地板来换。外婆给我买了一条漂亮的裙子，你非问多少钱，告诉我要么不要，要么用自己的压岁钱等价还给外婆。外婆不愿意要，你就瞪她："教孩子我说了算！"外婆又妥协了。

你太可恶了。以前一家去旅游的时候，你一定会带上我，而且去哪儿以我的喜好为主。但是我们闹翻后，你就不带我去了。你和外公外婆高高兴兴地去玩，回来的时候竟然连个纪念品也不愿意给我捎，小气巴拉的。

黄闪闪，你知道吗？我在日记本里，有整整十页"黄闪闪是个超级超级可恶的孤寒老女人"，字字力透纸背。

中学毕业的时候，我因为粗心，考得不太好，离我们学区最好的高中分数线一分之差，要交两万块钱才能去。那个学校特别好，而且离家特别近。你居然不愿意为我交那两万块钱，冷笑着讥讽我："不是很有本事吗？怎么连个高中都考不上？"然后你让外公给我买一辆自行车，每天骑八公里路上学放学。

你真的挺狠心的。

7

所以，从此我决定不再让你小瞧了，发了狠地在功课上用了心。考了第一你去开家长会，人家都说："豆豆妈，真羡慕你呀，孩子这么出息。"我以为你在家里对我虽狠，但在外人面前多少都会夸我一句吧？未料你却说："考试了不起有什么呀，将来怎么样还说不定呢。"

你说这话的时候，语气里充满了一种对于我的轻视。我讨厌你这样子说话，你一个瘸腿女人凭什么这么张狂地显露着凌驾于他人之上的高傲？

那时我以为我们互相厌恶。你厌恶我是一个不听话的急于离开你的女儿，我厌恶你生我出来的目的是那么自私龌龊，厌恶你利用了我爸之后就赶他走，害我从来没有得到过父爱。

黄闪闪，那时候因为我的乖张，你很伤心吧？是不是关在房间里，哭了好多次？

黄闪闪，我有告诉过你吗？其实我并不是那么讨厌那个强硬得接近冷漠的你。因为那个你看起来足够坚强。因为毕竟有一天我会离开，坚强一些对你有好处。

黄闪闪，那会儿我常常给自己伟大的想法点赞。我是多么难得的好女儿。你对我不仁，但我没有对你不义呀。我就算要离开你，也希望你过得好。

8

渐渐大一些的时候，我们的面目竟越来越相似了。

比如我们都有偏白的皮肤、细长的眼、淡而直的眉、圆圆的有一点嘟起的嘴唇。有一次你在照镜子的时候我刚巧有事进去，镜子里的我们，就似是同一个人的少女时期和中年时期。连外婆都有好几次对你惊叹："豆豆和你长得竟然这样像。"

每当听到这样的话的时候，我总是在心里哼一声，然后沉默走开。偶尔会隐约听到你在回答："是呀。"那个呀字拖得老长，像一声叹息，带着很多的遗憾。

哪个妈妈不希望自己的女儿像自己，别人家的母女，以长得似孪生而自豪，你倒好，我长得像你，你还嫌弃似的，若非你长得还好，我才不屑于长得像你。

我上高中之后，外公外婆的身体忽然变差了。他们很希望你能结婚，所以到处张罗着给你相亲。

但每次有人来说相亲的事情，你就一脸恨不得操起根棍子把人家打出去的表情。你平时还涂个口红抹个粉什么的，偏偏出去和人家见面的前一晚就要熬个夜，出门的时候脸都不洗一下。人家要是嫌弃你，你回来就黑着个脸不说话。人家要是不嫌弃你，你就开始嫌弃人家了。嫌人家丑，嫌人家秃顶，嫌人家没钱，再不就嫌人家没文化，没水平。我悄悄地跟去看过，见面的时候，你嘴巴跟上了锁似的不搭理人家，然后回来说人家和你沟通不良所以不行。

你这脾气、这行为，真是不作死就不会死的极品。我是绝对绝对不会和你生活在一起的。

9

谁都看出来了我的决心。

有次我听外婆悄悄地劝你："你是不是还想着豆豆他爸？豆豆现在这样的脾性，将来肯定会走的，你不如……"

你说："相亲这件事不用再说了。我不结婚。"

那语气，决断得很。外婆想再劝，你哼了一声，回房"砰"的一声关上了房门。

你专横起来，简直以为自己是女王。

我离开的决心更坚定了。外公外婆是你的亲生父母还得受你的气呢，我才不要在你身边仰仗你，吃你的灰尘。

其实，有时候看到你工作到半夜，饿了出来喝水或者找东西吃，因为身体不便又不愿意去开灯吵醒家人，于是又是撞到椅子又是摔在地板上的样子，我也觉得心酸难解。

你再强硬，也不过一个弱女子。你要养活我们连同保姆在内的四个大活人，必定在吃别人都不曾吃过的苦。

但那时我肤浅地认为，你样貌不差，工作也好，若寻个老实本分的嫁了，多少有个人帮你担待着些。可怜之人必有可恨之处，你的可恨，就在于你的矫情和清高。

我从来没有想过，你不再婚是因为我。

10

高二那年冬天，外公忽然中风了，情况很严重，躺在医院里命悬一线。保姆推着你忙进忙出交费，签字手术。我拉着外公的手，只懂得哭。你对我虽然狠，但外公外婆从来对我怜爱有加。学校离得远，每天放学回到家都能看到外公在路口等着我。所以我怕他真的会死。

外公做完手术却没醒来下了病危通知那天，你回家后就一直没说话，外婆抹着眼泪劝你："我们都是不定哪一天就走的人了，你一个人还带着豆豆，叫我们怎么闭眼？"

你起初并不作声，外婆又继续劝，唠唠叨叨说了一堆，你忽然将桌上的书一把全拨到地上，书哗啦掉了一地，你的声音脆弱而撕裂："这些年来那些拒绝你还没听够吗？瘸腿的女人还带着一个孩子，就是个傻子也要考虑考虑。那些个来提亲的人，有哪个是想真心接纳我和豆豆的？不过是为了房子，不过是为了户口，不过是为了钱，我又怎能为豆豆找一个那样的爸爸？"

你平时是又矫情又娇气，有时候在外公外婆面前还像一个孩子一样耍赖皮。你还又骄傲又清高，从来都好像看不起任何人的样子。可是你从来没有过这样对外婆大发脾气。

黄闪闪，我大概是在那一刻动摇了离开你的决心吧。

对于必须接受外公的永远离开，我与你感同身受。我想你和我一样伤心极了，害怕极了。甚至有可能，你比我更害怕。外公外婆一直是你生活和精神的依赖，外公若离开，最难承受的那个人，恐怕是你吧？

11

第二天，外公静悄悄地走了。我当时没忍住眼泪，哭得哗哗的。但你居然没哭，很冷静地签了死亡通知书，又很冷静地安排了外公的后事。

可从外公的墓地回来后，你却一连七天都没有从床上起来，端了饭过去就扒一口，给水也抿一下，然后让我们走。你不看书，不上网，不睡觉，也不说话，就只是那么躺着，整个人像被抽掉了灵魂那般脆弱。

你的坚强与冷硬被丧父之痛碾得粉碎，你孤独无助极了。那是我第一次真真正正地看到了你完全显露的脆弱。我明白了你并不如我想象的那般坚强。你的冷硬大概不过是为了掩饰你的脆弱。

我和外婆怕你有事，就把你的房门半开着，好随时看得见你。换作以往，你一定会从床上下来，单脚跳着过来把门关上，责怪我们不给你隐私。但是这一次，你一动不动。

有天半夜我起来喝水，看到你歪坐在床上，拿着外公的照片，不住地抹眼泪，那样子就像一个在茫茫世间走失后再也找不着亲人的孩子，要多委屈就有多委屈。

我眼睛发酸，想进去安慰安慰你，但犹豫了一下，到底没有进去。我能说什么呢？外公走了，我也难过，但如果因此进去和你抱头痛哭，我又觉得自己太过矫情。

那时的我是一个在青春期里不懂得表达自己的孩子。

12

一周之后，你总算是从床上下来了，但整个人的精神都差了许多。你恢复了工作，但对外婆的依赖更甚。半夜睡不着的时候，还会去外婆床边守着，你说怕她会在睡梦中走掉。

外婆为你真是忧心似焚，想再为你张罗相亲，又怕惹你不高兴。再加上外公一走，她也觉得伤心与孤单，第二年入了秋，她就病倒了。

我刚进入高三，功课很多，我虽然还算聪慧也算用功，但到底不能帮你太多。你由保姆陪着，医院和家两头跑，才四十有五的人，鬓角竟生了显而易见的霜华。

我最后一次去看外婆的时候，外婆拉着我的手："豆豆呀，外婆知道你有本事，可以走得远，也知道你觉得自己委屈。可这世界上，再没谁比你妈更委屈了。要是可以，你留下陪着她好不好？"

当时我没能理解她为什么说你最委屈，但我还是点了头。就算看在外公外婆的分儿上，也不能说丢下就把你给丢下了。

你那种又高傲又脆弱又自卑又自傲的人，没了外公外婆，还不知道会出什么事儿呢。我就算是人道主义吧。

春节一过，外婆也走了。外婆走了之后，你撑着办完后事，又在床上躺了一个月，保姆说，你几乎每晚都不睡，只是哭。

这样的你，我真的不习惯。

13

黄闪闪，那样的脆弱的你让我惊忧与害怕。

你不应该是这样的，你应该是原来那个虽然瘸着一条腿，但是目空一切能凌视着世人的女人。

你应该一如往常地努力工作、努力生活、努力花钱。

你应该加班写剧本到深夜，然后在厨房里乒乒乓乓拆房子一样给自己做夜宵。

你还应该穿着虽然很美丽但是很痛的高跟鞋，穿着拖地长的蓝裙子，丢开拐杖，命令我三十秒之内给你来十张超美的连拍。

春天马上就过去了，你应该开始安排春季旅行然后让我陪你，规定我不去也得去。

高考完后，我进了你的房间。黄闪闪你知道吗？你当时看着我的眼神几近恐惧，那是一种无望的绝望。你仿佛有了许多被至亲离弃的经验，你知道并且确认我即将离你远去，就如同最后一片秋叶离开大树。

你没料到吧？我是这样说的："明天我填志愿了。看你现在的样子，大概也挣不到供我出远门的钱了，我就填本城的大学吧。"

我永远不会忘记你那一刻的眼神，就似一个溺水濒死的人，忽然抓住了一根救命的稻草。

14

从那天之后，我仿佛成了你生活的全部。你什么都想着我。工作挣钱是为了给我攒嫁妆，学做饭是为了让我吃得健康。你对我好得我都不敢相信之前的十年里，那个整天对我呼呼喝喝，买本资料书还要我用做家务来换的你跟现在的你是同一个人。

我决定和你讨论敏感问题："你生下我真的就是为了外公外婆走后有人陪你、照顾你吗？"

你很认真地想了想，说一开始其实不是。虽然别人都这么说，但是真不是。你只是腿不方便，并不是完全不能照顾自己。然后你用一种恳求的眼神看着我，你说可是现在你没我真不行。不是生活不行，而是心里觉得不行。

因为身体的原因，你没有什么同事也没有什么朋友，又远离了家乡，所以没有我，你可能会真的会因为孤独而早早死掉。

我问你："那你过去十年怎么还信誓旦旦地做出一副我走你绝不留的决绝样？"你扁了扁嘴，哼了一声说："那不是怕你闹离家出走被人贩子给拐到什么破地方去我找不着吗！"

我调侃你："不让我跟着去旅游是怕我在外地忽然出走吗？"

你有些恼羞成怒地瞪我："是又怎样？你不知道你那时候多难带！"

每当逗你起火儿的时候我都挺高兴的，因为那个坚强得有点儿冷硬的黄闪闪又回来了。

15

大学四年，舍友们都知道我妈宠我，吃的用的都是最好的，每天电话问候，晚餐没顾得及吃就让保姆连夜送夜宵来。怕我在宿舍里受委屈，你甚至在学校旁边买了一套小房子给我住。

我说黄闪闪你不用这样。你假装奸笑一声说那是你的糖衣炮弹，让我习惯了你提供的奢侈生活，再也受不了自己独立的艰苦朴素，然后就不敢离开你了。

这计划确实奸诈。

我是年轻女孩，想飞想走的心我确实也有。

可是，每当你讨好地对我笑，问我喜欢不喜欢给我买的那堆新衣服、新包包、新玩意儿的时候，我又觉得心里软软的：你这个心似婴儿的老女人，没了我真的不行。

诚然，你是一个有本事的女人，但是你的内心脆弱又孤单，像一个无助的婴儿，需要依赖别人才能继续生活下去。过去四十多年，你依赖外公外婆，现在，你依赖我。

大学毕业后，我留校一边读博一边教书，收入并不高。每月领的薪水都不如你给我买一个包的钱多。而你赚钱越来越多，换了更好的房子，还买了车让我给你当司机。你喜欢给我买东西，还喜欢往我钱包里塞钱。

你说只要有我，你就有了生活与工作的支柱，再苦再累也能撑过去。

我说："现在我没你有本事，吃你的住你的，一个月的薪水还不够你买一个包的，我不但没照顾你还成了你的负累。悲剧了啊，黄闪闪，你培养了一个失败的女儿呀。"

你嘿笑了，说："但是你在我身边呀。"

你的要求原来就这么一点儿，只要我在你的身边，你就知足。

16

那对中年男女出现那天,天气非常好,好得我可以清晰无比地看见那个女人的脸竟然和我如此相似。那个男人倒算是面貌端正,只是眼睛里,厚厚一层歉疚。

你坐在他们的对面,看起来脆弱可怜极了,你整个人陷进了轮椅里,就像你是一株植物,要长进轮椅里与之成为一体好让人看不见你。

你嘴唇动了好几下,才说了话:"我以为你们真的死了……"

他们说:"对不起……"

我不喜欢他们。他们看着我的眼神,惊喜又愧疚,渴望又害怕。他必定做了些伤害你的事,才会有那样愧疚又害怕我的眼神。

用一种伸头一刀缩头一刀的决绝,你很快就给了我答案。你看起来脆弱得像一片雪花,你用一种近乎冷漠的空洞声音说:"豆豆,这是你的亲生父母。"

我看了那对夫妇半晌,才问:"黄闪闪你开玩笑吗?"

"没有。"你嘴里蹦出这两个字,语气冷硬。你挂着拐杖转身离开的背影,真像一根弦,一根断了又接,接了又断,然后还被逼得绷紧了的弦。

你的房门里寂静无声。自从他们来了之后,你就把自己关进了房间里。你这个女人,有时候真像一只乌龟,你的房间就是你的壳,一觉得有危险,就缩回壳里去,一动不动自己待了好久。

17

那对中年男女,是我的亲生父母。他们同时也是你的妹妹和妹夫,更准确一点说,他们应该是你的妹妹和前男友。你带着男友来见父母,男友却与你的妹妹一见钟情,他们离开黄家结了婚并且生下了我。

后来,他们生意失败,被债主逼得快无路可走,把我丢给你后,制造了双双投河自尽的假象,逃去外地谋生。

你是那么高傲又那么脆弱,你遭遇了爱情与亲情的双重背叛后,还要当一个独自抚养孩子的冤大头,人们茶余饭后的闲言碎语差点就把你给杀死了。

你真是好不容易,才拼命赚钱在省城买了房,远远地搬离了旧地。

现在,我终于长大了。他们却回来了。

他们说,现在他们在外面也闯出了点名堂,想把我接走,尽一点父母的责任。我想出国或者想移民都可以,他们都支持。

我从来没有想过真相原来是这样的。

面对着我从来没有见过却一直想见的亲生父亲，我心中有鄙夷，也有说不出的陌生感。我也无法将那个后悔地哭泣的女人和"妈妈"这个词联系起来。

黄闪闪，从他们嘴里听到的故事，对你尚且如此不公。那你真正经历的呢？我愤怒与心痛得都不敢去想象。我勉强压住内心不断增加的愤怒，问了一句："你们让我跟你们走，那黄闪闪怎么办？"

他们愣了愣，难堪地低下头，没有说话。

18

大概是实在没脸再在我们的家里待下去了，我的亲生父母决定第二天就走。

整个晚上，家里都异常安静。特别是你的房间，安静得可怕。

第二天我起床时，我那陌生的亲生父母在厨房里忙活着给我做早餐。我又去敲你的房门，你声音沙哑地说别管你，说你还想睡。

我知道你不可能睡得着。你像只鸵鸟一样逃避的态度让我有点生气，我答应了会留在你身边，又怎么会轻易出尔反尔。我于是没有告诉你，他们吃完早餐就会走。

早上下课后走出教室，就看到拄着拐杖的你很不敏捷地想躲进一棵树后面。我走过去把你拉出来，问你："你干吗？"

当着刚下课那么多来来往往的学生的面，那么高傲那么要面子的你，眼泪竟哗哗地往下掉："我以为你也走了。呜呜。"

我觉得有点儿丢脸，但还是搂住你瘦削的肩，鼻子发酸地骂了你一声笨蛋，我开玩笑说我没走你得使劲儿讨好我，不然我就真投奔我的有钱父母去了。

"黄豆豆。你敢恐吓我……"你佯装生气，然后又破啼为笑，"那我们下午去买新衣服呗？我买单。"

黄闪闪，你怎么这么幼稚，你竟然把我的话当真了。

19

我决定跟男友结婚那天，你兴奋地计划了很多婚礼的细节后，犹豫了许久，才问我："黄豆豆呀，你能不能住得离我近一点？我负责买房子，负责装修，负责买车，请保姆我也负责。行吗？"

我说行。其实我们早买好了房子，就在我们家旁边的小区里，而且准备了属于你的书房与卧室，作为给你的惊喜。

你得寸进尺，又问你能不能每天去看我一次，见我没回答，你忽然低头绞着手说：

"那就两天去一次？"这一句问得小心翼翼又狡黠多疑。

也许是长期脑力劳动的原因，不过五十岁的你已满头银发。你瘦，皱纹爬上了你的脸后，深得仿佛要刻入你的骨头。

你已经不能像以前那样长久地伏案工作了。

工作少了之后，你闲了许多。闲下来的时间，你都放在了我的身上。早上很早起来给我做早餐，午餐晚餐也是你亲自做，手艺进步不少，还有从网上学来的花样，多得眼花缭乱。你仔细地侍候我，仿佛我不是你的女儿，而是你的主人。

见我又好一会儿都没回答，你很不好意思："我太烦人了，是吧？"

是太烦人了。现在的你，又敏感又脆弱。我都有点怀念那个嚷嚷着不拖一周地板就不给我买书的你了。

可是，我也知道，这是因为你不可避免地老了，更不可避免的是，你越老，就变得越脆弱，越依赖我。我知道，如果不是那么爱，就不会这么依赖。

所以，我原谅你的脆弱，我决定矫情一把，我抱了抱你，说："妈，你就烦我吧，我愿意一辈子被你烦着。"

你居然被我这句话感动得眼泪哗哗的。

20

有天在微博上看到你参加一个主题为"生死遗言"的讨论，好多人洋洋洒洒地写了好多，而平时常常下笔千言的你，只写了三句："我死了就死了呗，我死了黄豆豆同学就自由啦。我死之后，我所有的东西都留给黄豆豆，她爱咋咋地。活着的时候黄豆豆在我身边，真没什么好遗憾的。"

我看着那句"真没什么好遗憾的"，心发酸眼发胀。是的，你又高傲又矜持，又刚硬又冷漠，你也又脆弱又幼稚。可是，这世上大概再也没有一个人如你般对我全心全意。

连我的亲生父母，也不能。

黄闪闪，谢谢你成为我的妈妈。

咱悠着点儿过吧，好日子还在后头呢。我会一辈子和你在一起，我会把你养胖一点儿，让你鹤发童颜，还会给你找一个心疼你关怀你爱你的好老头。

我知道不管我为你做什么，都无法与你给我的爱相抵。你为了我，已经把一个弱女子所有的坚强和坚韧用光了。有你爱着我，我在哪里都是自由的。只要你从此以后喜乐长安，你依赖、你脆弱、你爱哭、你幼稚，我都心甘情愿、欢欢喜喜。

87号时光列车
不开往未来

你见过87号时光列车的车长,那个叫87号的少年吗?
他有冷漠的眼神,却有一颗曾经温暖跳动的心。

1

准确地说，阿蓝是在顶楼上想象自己往下跳的时候遇见87号的。

他穿着一件红色的制服，白色的裤子，很高，很俊美。那衣服有点儿像学校仪仗队的制服，但又有点儿不一样。阿蓝奇怪，自己明明已经将顶层的那道门反锁，他是怎么上来的？

他慢慢地靠近，阿蓝不知道他要干吗，心一急，向后退了一步，然后一脚踩空，身子便急速下坠，在那个瞬间，阿蓝都来不及思考。

她只看见，那个红制服少年，一直在看着她，却也没有过来拉住她，只是那样看着她，眼神淡淡的，有点儿冷漠，有点儿忧伤。

真是个自私冷漠的人呀，这可是十二楼，她跌下去，肯定会死的。虽然说，她是在想象自己死亡的事，可他也不能这样呀，就这么眼睁睁地看着她因为意外掉下去，连装出要救她的样子都不肯。

最后一刻，阿蓝心里是充满着悲哀与怨恨的，这个世界真自私，所有的人都那么自私，都不顾及她的感受，那这个世界，待着又有什么意思呢？这么想着的时候，阿蓝闭上了眼睛，只听见风声在耳边呼呼地刮着，发出一种无比凄厉而尖厉的响声，让她的脑袋发痛，痛得直想晕过去。

失去意识之前，阿蓝仿佛听到了妈妈的尖叫和爸爸悲怆的吼声，这让阿蓝觉得有点儿解恨，却又有点儿悲伤。

他们说要离婚的时候，阿蓝说："你们离婚我就跳楼。"

阿蓝当时不是太气愤说说而已，她是真的这么想过。阿蓝一家三口平日里极少交流，仿佛这个家存在的意义，便只是让阿蓝跟爸爸妈妈住在一起，也仅仅是住在一起而已。虽然他们从来不当着阿蓝的面吵架，但是，阿蓝知道他们并不爱对方，当然，也不爱阿蓝。为此阿蓝的性格也有些冷漠，在学校里，性格孤僻冷漠的小孩，总是不那么讨人喜欢。

所以阿蓝常常找个没人的地方独自发呆，比如今天，她站在顶楼上，想象着自己若真的跳下去会怎样。然后她被人发现了，那些人以为她要跳楼都慌了。阿蓝恶作剧般地没有向他们解释。

但是，87号的出现，竟让她一时惊慌，真从楼顶上掉下去了。

2

阿蓝醒过来的时候，浑身都在痛，仿佛整个人被拆了又装起来一样。耳边响过轰隆隆轰隆隆的声音，是火车的声音！奇怪，自己不是死了吗？怎么会听到火车的声音？难道通往天堂是坐火车去的？这么想的时候，阿蓝飞快地爬起来观察周围的环境，然后她发现，自己竟然真的在火车上！

这火车有些特别，过道比普通的火车宽很多，座位只有两组，是很宽、很柔软的沙发，刚才阿蓝就躺在其中一个沙发上。车厢的地板是粉黄色的，墙壁是粉红色的，而天花板则是粉蓝色的，非常简洁漂亮。阿蓝把头往车窗外探了探，风呼呼地吹着，暖暖的，很温和，她发现这列火车是红色的，通体都是明亮的红，红得就像……嗯，就是她从十二楼掉下去之前所见到的那个少年的衣服的颜色！没错，这是一辆长长的红色火车，一共有九节车厢，阿蓝在第九节车厢。

阿蓝想找个人问问，这是什么火车，要开往什么地方。但是她走完了前面七节车厢，一个人也没有见到。只剩下第一节车厢了，通往第一节车厢的门是关着的，上面有一个小小的窗口。

阿蓝慢慢地，轻轻地走过去，脑子里闪过曾经看过的恐怖片里的可怕镜头，那扇门的另一边，会不会是杀人狂？会不会是群魔乱舞？会不会是黑白无常？阿蓝心里有两个声音，一个说：怕什么，死过的人，还有什么吓得到我？另一个却说：万一是魔鬼怎么办？阿蓝自己吓着自己，纠结着，一步一步向那扇门走去，心惊胆战，步步惊心。

"你在做什么？"

一个声音从阿蓝背后响起，吓得阿蓝差点儿蹦起来，一声刺耳的尖叫立刻响起，一时间阿蓝都被自己的尖叫声吓到，等看清楚刚刚从窗户跳进来的人并不是什么青面獠牙的魔鬼，而是那个在顶楼遇见的少年时，阿蓝为自己的尖叫羞愧起来。作为一个新世纪十五岁少女，没有美貌、没有快乐、没有才华，至少她还保持一份淡然，所以阿蓝从不尖叫。作为一个十五岁的少女，在周围人的眼中，她沉静得有点儿冷漠了。

那少年看着阿蓝，把拿在手上的那顶和外套颜色一致的帽子戴上，这时有一阵风从不知道什么时候打开的车窗吹进来，扬起他微长的墨一般的头发。阿蓝觉得，所有电视上那些洗发水广告的男明星，没有一个具备他的美艳。会不会是妖怪，长这么好看，刚才好像还是从窗户爬进来的？

"不许用美艳来形容我。我不是妖怪。从窗外爬进来只是因为车顶有点儿问题，我去修了一下。欢迎乘坐87号时光列车，我是列车长87号。有什么需要请到2号车厢，也就是这里，来找我。"

他说着话，绕过阿蓝，打开了那扇让阿蓝害怕得半死的门，门那边，很明显是这列火车的控制室。等等，他怎么知道我心里在说他美艳的？这个想法从阿蓝心里冒出来后,吓得她差点儿又来了个惊声尖叫。

"不想让我知道你的想法的话就不要靠得我太近。我其实也不想知道你的想法。"他走进1号车厢时,忽然又说。这下阿蓝确定了,这家伙不是鬼就是神仙,不然也是超人之类的,不然怎么能从飞驰的列车跳进来,还能知道她的心里在想什么。

阿蓝想着,赶紧往后退了几大步,再退几大步,她可不喜欢自己心里想什么别人都知道。

在跑到离他最远的9号车厢之前,阿蓝有一个问题要问:"喂,这个列车开往什么地方?"

"开往过去。"

3

"哎,有个地方叫过去的吗?那是什么地方?"

在9号车厢百无聊赖地待了大约三个小时后,阿蓝终于忍不住了,又跑回了2号车厢,坐在离1号车厢最远的那个位置,对着正站在控制台前看前方的少年喊话。

"过去不是一个地方,是你经历过的时光。"

经历过的时光,也就是回忆吗?也就是说,这列火车能带她回到过去?那么她是不是能改变一些她不想发生的事情?

"所有的过去都会经过吗?"阿蓝又问。

"大概是吧。"他回话的时候,始终只给她一个后脑勺。阿蓝觉得,这个家伙真冷漠,真高傲,真是挺讨厌的。

"中途能下车吗?"阿蓝又问,她实在是好奇,车上又没有别的人,她只能跟他的后脑勺继续说话。这样的说话方式,让阿蓝想起了坐在她后面的那个男生,很开朗的样子,每天都会同阿蓝说话,问一下时间、借一下笔记什么的,可是阿蓝从来没回头看着他说话,不管他说什么问什么,阿蓝只用后脑勺对着他说话,她内心的骄傲和自卑同时强大地存在着,以至她慢慢地成了一个令人讨厌的人。

"不能,下车的门只能够打开一次。"

"为什么?"

"在你座位侧面的袋子里,有一本黑色的册子,是87号列车简介,你自己看吧。"

阿蓝找到了那本小册子,黑色的封面上闪着一行字:87号时光列车简介。

名字:87号时光列车。列车长:87号。车身颜色:红色。车长一百五十米,共有车厢九节,1号车厢为控制室,其余八节为乘客室。87号列车目的地是过去,全程视乘客的回忆长短而定，中途可以下车，但下车机会只有一次，下车之后，旅程结束，也就是说乘客的生命旅程随即结束。全程不提供餐饮，但可以播放音乐。

"哦，原来自己是在死亡列车上。什么87号时光列车，说得那么好听，直接说死亡列车不是更好？"

阿蓝合上小册，小声地咕哝着。

"这不是死亡列车，这只是时光列车。"一瓶可乐放了阿蓝的面前，对面的位置上，刚才还在控制室的少年也坐了下来，就坐在她的对面。这是阿蓝第一次与一个年龄相当的男孩面对面坐得这么近，阿蓝心跳得有点儿乱，她害怕自己的脸太大太平，眼睛又太小太无神。刚这么想的时候，阿蓝忽然又想起他能看穿自己心里的想法，顿时脸就红了起来，正等着他的奚落。却听见他说："可乐是私人提供。你的十四岁，到了，你要下车吗？"他说着，指了指车窗。

于是阿蓝就看见了去年的自己。那天是她的生日，但是妈妈出差了晚上才到家，爸爸很晚才回家，晚上十点多，他们一家才去外面吃晚饭，三个人默默地吃着，谁也没有说话。阿蓝问他们："我的生日真的让你们那么痛苦吗？"妈妈先否认了，然后看了一眼爸爸，爸爸也否认了。但两个人都没有笑，那么冷淡疏离。旁边也有一家三口在过生日，三个人都笑得很开心，更衬得阿蓝的生日那么悲惨。阿蓝生气了，一下把桌子上的礼物和餐盘都扫落在地，然后哭着跑了出去，后来她跑到郊外的河边坐了一夜。阿蓝不知道，那一晚，在她走了之后，爸爸和妈妈分别找了她一夜，两个人都很着急，有一个男人去帮妈妈一起找，有一个女人去帮爸爸一起找。

阿蓝看着车窗外那两对焦急的男女，觉得很可笑。原来，爸爸妈妈竟然已经各自有了自己的新家人，只等着她答应让他们离婚了。

"要在这里下车吗？"

"不。我不下。"阿蓝忍了忍，硬生生地把眼泪逼了回去。

"每个人都有自己的生活和思想，也许……"对面的少年似要说些什么，但阿蓝打断了他："我不下。请你继续开车。"

列车轰隆隆地继续前进，阿蓝抬头看粉蓝色的车顶，不让眼泪掉下来。

4

"十三岁，到了。你要下车吗？"

十三岁那年，阿蓝考上一所很好的初中，那天，爸爸妈妈在饭后很郑重地对阿蓝说，他们打算离婚，问阿蓝想跟谁在一起。跟谁在一起都可以，他们都不会不要她。阿蓝呆住了，她没有想过自己要考虑这个问题，她不想承认自己是一个极度缺乏安全感的孩子，她不想跟他们分开，所以她谁也不愿意跟。阿蓝说："你们不能离婚。我不许你们离婚。你们离婚，我就跳楼。"

阿蓝说这句话时的表情，一脸坚决，一脸绝望。然后，阿蓝看到，在她说完这句话哭着跑回房间后，客厅里的两个人沉默良久，妈妈才开口说："要不，我们再等等吧。"爸爸不太同意，两个人在争执，但最后爸爸妥协了。

阿蓝很固执："不下。"

"十二岁，到了，要下车吗？"车窗外，是阿蓝的家，静悄悄的深夜，阿蓝这才发现，爸爸在确认她睡着之后，就悄悄地离开了家，开车跑了半个城市，去到了另一个小区，进了其中一间房子，那个房间里，有一个女人在等他，他们和气地说着话，气氛很温暖。是阿蓝在家里从来没有感受过的温暖。原来，爸爸早已经背叛妈妈，背叛她了。这么想的时候，阿蓝更气愤了："不下不下！"

"十一岁，到了，要下车吗？"十一岁这一年，妈妈居然在和别的男人交往，原来，是妈妈更早地背叛了爸爸！阿蓝为这件事实而悲愤着："不下不下！"

"十岁，到了，下车吗？"令阿蓝惊诧的画面是，在这一年，当她已经懂得家里的气氛太冷需要调节的时候，当她想方设法让爸爸妈妈恩恩爱爱，一家人快快乐乐的时候，爸爸妈妈居然一人手里拿着一本绿色的离婚证，从民政局里走了出来，出门后一个向左，一个向右，都没有回头。原来他们早已经离婚了，难怪家里的气氛越来越冷，难怪他们不停地劝说她同意他们离婚。原来为了她，他们一直都勉强在一起。

"不下不下！不下不下！"阿蓝在说出这句话的时候，已经泪流满面，她顾不得什么丢脸，"哇"地一声大哭起来，委屈得像一个糖被抢走了的孩子。

然后，阿蓝看见九岁时渐渐沉默的自己，也看到了八岁时像个成熟小大人一样的自己，七岁时看到父母吵架时不敢哭不敢闹的自己。每一次停车，阿蓝看到的都是不快乐，不但她不快乐，妈妈也不快乐，爸爸也不快乐。渐渐地，87号说到了的时候，阿蓝趴在桌子上，头也不再抬了，只闷闷地说："不下。"

阿蓝这么说的时候，她能感觉到对面的少年在看着她，用一种温柔的、忧伤的目光，那是一种怜悯。所以，阿蓝仍然没有抬头。

"一岁，到了。你要下车吗？"

"你不要再问了，我说了不下。"

"但我觉得，你应该看一看。你应该对自己的一岁没有什么记忆吧？"

车窗外的画面上，两个从不同方向走来的年轻男女，因为听到了垃圾箱旁发出的婴儿的哭声而走了过去，男人先发现了那个弃婴，女人赶紧跑过去抱起来："孩子很可爱呢。"两个人交换了联系方式，并且商量如果找不到孩子的父母，他们分别做那个可怜的孩子的爸爸妈妈，启事贴出去好多天，没有人来认领那个婴儿。于是他们去领了结婚证，给孩子办了户口，自称是孩子的爸爸妈妈，他们说好，将来遇见自己喜欢的人时，就离婚，孩子愿意跟谁就跟谁。

阿蓝差点儿想伸出手去拍那面车窗，叫那两个玩儿过家家一样把结婚、离婚想得那么容易的男女想清楚再做事。他们怎么可以那样！

"开门！我要下车！"车窗外的人还在兴奋地讨论着，阿蓝跳了起来，抓住87号的领子大叫。

阿蓝话音刚落，原本毫无痕迹的车厢忽然开了一道门，门外，正是那对抱着婴儿坐在街道边轻率地决定了阿蓝不快乐未来的男女，阿蓝气呼呼地准备冲过去的时候，胳膊忽然被人拉住："等等。"

"等什么？你没看到吗？我要阻止他们！"阿蓝挣扎着，可他的力气却更大，更坚定地拉住她，"林蓝，冷静点。如果你现在下去阻止了他们，你就不再存在了，你有可能消失，如果他们不要你，让你在垃圾堆旁死掉，有可能你会变成另外一个人；如果被贩卖婴儿的人捡走或者被送去孤儿院，你阻止了这一切，就将没有现在的你，你明白吗？"

"我不明白。是他们造成了我今天的痛苦！"阿蓝叫喊着，悲伤成了愤怒。

87号忽然放开了手，阿蓝一下跌在地上，清晰地听到他说："那你去吧，你这个自私的人。他们为了你，放弃了那么多的东西，他们毕竟养育了你十五年！你去吧，像你这样不知道珍惜只想到自己的人，不应该被他们的好心改写你是一个弃婴的命运！"

87号越说越激动，眼睛里竟然闪动着泪光。阿蓝已经冲到门边的脚步，忽然停了下来："喂，你为什么这么激动？"

听阿蓝这么问，87号愣了一下，脸忽然红了，但只是一瞬间，他很快恢复了冷漠的神色："要下快下，不下我开车了。"

"不是已经到终点站了吗？我错过了那么多站，现在不下也得下了。"阿蓝心里想着，最多下车后不去管他们就是，那两个大人还真是幼稚，为了个弃婴竟然维持了那么多年不快乐的婚姻。

"我是列车长，我说了算。"87号闷哼哼地说，快速走进了控制室。

5

阿蓝发现，列车掉了个头开得飞快，快得很不同寻常，阿蓝甚至已经看不到车窗外的景色和情形，快得整节车厢都在激烈地颤动，这让阿蓝很害怕，她跑过去推开1号车厢的门："喂，我说你开这么快干什么，虽然是时光列车，但也要遵守交通规则呀。"

"别管那么多，快过来，站得离我近一点儿。"他说话咬牙切齿的，阿蓝这才发现，他正用力地控制那个操控杆，满头大汗，很辛苦的样子。阿蓝走过去："原来开时光列车这么辛苦呀，要帮忙吗？"

"站在这里，别乱动。待会儿我让你下车的时候，你快点儿下车就行了。"他好似全身力气都用光了的样子让阿蓝感觉不对劲儿："你怎么了？是不是出什么事了？"

"87号！87号！你的列车正在脱离轨道，请正常行驶，请正常行驶！"正疑惑着呢，控制台上好多个红灯不停地闪了起来，对讲机里传来气急败坏的声音。

"别理他。还有一分钟，我会在你的左边开一个门，只能开十秒钟，你要赶紧下车，不要回头看。记住，每个人都有自己的生活，你有你的生活，你的父母也有他们的生活。要好好的。"

"警告！警告！87号！87号！你的列车不开往未来，请立即停止！请立即停止！"

对讲机里又在叫，但87号完全不理会，继续紧紧地握住操纵杆："别轻易说什么跳楼自杀，你看，会像我一样来开时光列车。开时光列车可不是个好玩的活儿。"

"什么？"阿蓝开始紧张，不太能理解他的话。

"轻易放弃自己生命的少年就会被派来开时光列车，一趟一趟地重复不美好的回忆，这不是你要过的生活。所以你要做另外的选择，明白吗？"他大叫，"最后十秒，你的左边！开始倒数！门一开就下车！记住！只有十秒！"

才说着，阿蓝左边原本的粉红色车厢忽然开了一道门，阿蓝还想说句什么，只觉得他大吼一声："快下车！"然后她感觉自己被人推了一把，向那门外跌了下去！

跌出去的瞬间，阿蓝看见87号和他的时光列车，歪歪扭扭地消失在空中，像尘埃碎片一般慢慢地消失在空气里，阿蓝伸出手，想抓住一点儿什么，可是，什么也没有抓住。

6

阿蓝从医院里醒过来的时候，忽然就变了。

首先，她会微笑了。看到妈妈的眼泪，听见爸爸无奈的叹息，看到医院白色的病房，还有穿着粉蓝色衣服的护士，阿蓝微笑了。因为，她还活着。所以，她笑了。阿蓝后来发现，自己笑起来的时候，眼睛眯眯的，脸蛋圆圆的，很可爱。

然后，阿蓝道歉了。向爸爸妈妈，为自己的任性与自私道歉，为自己给大家带来的困扰道歉。

最后，阿蓝说："爸爸妈妈，你们离婚吧，但是你们一定要各自都很幸福。"

后来，阿蓝仍然没有长成美女，但是，她温婉、善良，开朗快乐，很多人都喜欢阿蓝这样的女孩子。

只是，直到长大，阿蓝再也没见过那个开87号时光列车的红衣少年。也许，只是因为，这已经是阿蓝的未来了。他说过，87号时光列车不开往未来。

你就是
我不喜欢别人的理由

他根本不想喜欢上任何人。梁小染在他心里扎得太深了,他几乎整个人都变成梁小染的了,又怎么能去喜欢别人呢?梁小染就是他不爱别人的理由。

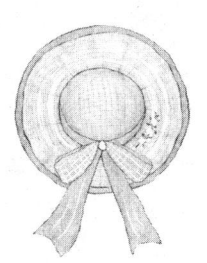

1

周榕十六岁那年走了个大运,他得到了一个远房叔公的一笔遗产:几套房子,一笔不算太少的钱。

周榕给这个没见过几面的叔公披麻戴孝地办了丧事之后,一身白孝地蹲在殡仪馆门口想着接下来要怎么庆祝。

就是在这样的情况下遇见梁小染的。十六岁的梁小染扎个马尾,穿着一件宽大无比的白衬衣,瘦得像一张在衣服里晃荡的纸片。

那时候周榕受家乡思想影响,觉得这么瘦的女孩子真的好丑呀,长大要是还这么瘦,指定会遭人嫌弃的。

多年后,当周榕变成了一名有啤酒肚的男子,不得不去健身、节食以维持身材的时候,又想起了梁小染。他想城里人就是不一样,大家都喜欢纸片儿人。

梁小染脸上的表情和所有出入殡仪馆的人不同,别人都一脸严肃或悲戚,就算不那么伤心,也会像周榕这样多少挤几滴眼泪之后保持面无表情。可梁小染是微笑的,那种微笑里有宽怀,有畅快,有终于等到这一天的劫后余生的庆幸。

因为十分好奇梁小染的笑容,周榕跟了上去,看看她是为谁送葬。

灵堂上很是肃穆,从来吊唁的人那里听到的话判断,死者竟是她的父亲!

到了追悼现场的梁小染虽然不笑了,可眼睛里一滴眼泪也没有。

周榕那时候就想,这女生心真狠,往后要是遇上,得离她远点儿。

2

还真就遇上了。

周榕让父母、妹妹和他一起搬到城里住。靠着两套房子的租金,生活也够用了。父母都不肯闲着,就在小区门口租了间小门面,卖点包子豆浆什么的,也还算有点儿收入。托叔公的福,乡下比较拮据的一家人成了城里人。周榕的父母很满足,周榕也是。每天起床就觉得浑身都是劲儿,想着被天上掉的馅儿饼砸中了得好好珍惜呀。

周榕决定好好学习,光耀门楣,和父母商量后,花钱进了一所据说不错的高中。刚巧,就分到梁小染那个班去了。

周榕找到教室的时候,梁小染正在与几个同学忙活着分新书,她和几个女生有说有笑,看起来开朗活泼又好相处,一点儿都不像在殡仪馆里送父亲时那又狠又冷的样子。

周榕悄悄地找了个没人的座位坐下,一如他以往那般做一个不会引人注目的闷蛋。

"喂,这位同学,下楼去搬书好吗?"梁小染不认识周榕,她轻轻地拍了一下他的桌面，对他露出八颗牙齿的笑。

周榕在吃力地搬着厚厚一摞新书上楼的时候想：她的牙齿真白，还挺好看的。

周榕慢慢地见识了梁小染的厉害。第一周做代理班长，第三周正式成为班长，而且几乎是全票当选。她为人开朗热情、乐于助人不说，成绩还好得要命。怎么个要命法？第一次摸底测验第一名，第一学期期中考试第一名，物理化竞赛第一名，英文演讲第一名，第一学期期末考试第一名。

拿第一名容易，但是每次都拿第一名可就难了。

周榕现在终于明白梁小染为什么那么瘦了，她什么都要做得最好，于是每天超忙，运动量超大，为了保持第一名的成绩，回到家估计也是那种睡得比狗晚、起得比鸡早的人。

她几乎从不疲倦。老师想激励其他人不要偷懒的时候总是甩出梁小染做榜样，分分钟所有人都服气。

周榕有时候觉得，梁小染似乎逼自己逼得太狠了，就像一根有弹性却已经被拉紧的弦，真害怕她什么时候就把自己给绷断了。

周榕对梁小染，又害怕，又好奇，又担心，又想靠近，又怕被发现什么似的，总是躲着她，尽力不引起她的注意。

周榕这样的男生，成绩一般，平时不声不响的，本来就不容易引起注意，所以直到发生了"斗殴"事件，周榕才真正被梁小染记住，而不只是知道他的名字。

那事周榕真冤。那天他和往常一样回家，经过一条小巷子的时候，发现梁小染和班花陈冰意被堵了。堵她们的是隔壁职高学校的几个坏小子。周榕觉得，梁小染就不应该和陈冰意这样长得太漂亮的女生在一起，到哪儿都太耀眼了，麻烦肯定也少不了。

周榕闪进一个大垃圾桶后面，打算看看事情进展再想办法。结果没等他看明白，那边就动起手来了。动手的当然是那几个坏小子，被动手的是梁小染。周榕看得很清楚，陈冰意虽然就站在梁小染旁边，但一脸事不关己高高挂起的表情，甚至有一点儿幸灾乐祸、夙愿得偿的意味。

周榕愣了一下，觉得这表情挺熟悉的，一会儿才想起来，是第一次在殡仪馆门口见梁小染时她脸上的表情。

陈冰意平时在班里虽然表面上和梁小染关系挺不错，但私下背后常说什么"男人婆性格""成绩好了不起呀"之类的，周榕不声不响地在同学们的讨论中听过好几次。

周榕发愣的时候，梁小染已经发飙了。可她一个女生哪里是几个男生的对手，不过是困兽之斗。

梁小染被推，头撞到墙上，额角出了点儿血的时候，周榕只觉得有一股热乎乎的东西从自己的心脏一下就冲到了头顶，他捡起一块砖头就冲了过去。

事情闹得挺大。

领头的那个坏小子被周榕砸得一脸血，陈冰意吓得尖叫着晕倒了，还是梁小染冷静地跑到最近的电话亭打了120。

周榕直到被梁小染拽着随救护车到了医院，还一脸呆愣没反应过来，他可真没想那么干。他骨子里流的是谨小慎微、胆小怕事的基因，向来都是有事避事，没事绝不找事的人生原则，哪里想到自己会忽然挥起砖头拍了人家一脸血。

通知了家长、老师之后，梁小染对护士说头晕，非要去拍个片，又向护士要了卷沙布，几乎把她自己的整个脑袋都包起来了。梁小染靠在一张病床上奄奄一息，把晕血后醒过来的陈冰意吓得差点儿又晕了过去。

坏小子的家长们原本还挺嚣张的，一看梁小染的脑袋全都吓了一跳，平时也知道自己的孩子闯过不少祸，再加上梁小染的班主任又气得跳脚说梁小染是学校的第一名，要是脑袋给打坏了，准饶不了他们。这件事在医院便当场和解了，坏小子们赔了梁小染医药费，周榕则赔钱给坏小子们。

可是事后，周榕还是把肠子都悔青了。

3

坏小子伤好了之后，天天在放学路上堵周榕，见他出现就围过来，也不动手也不骂，就跟着他。后来发现周榕父母是开小吃店的，便每天进门就吃，吃完就走，整整两年多，没付过一分钱。周榕的父母本着多一事不如少一事的原则，不想过多计较，就随他们去了。

最令周榕郁闷的是，梁小染对自己的态度还跟以前一样，不冷不热不咸不淡的。按说经过那样的事，怎么也算有点儿交情了吧，但除了准确地记住他叫周榕之后就啥也没有，反而还不怕死地继续和那个又胆小又多事的陈冰意走得更近了。

其实周榕也冷静地想过，梁小染爱和谁一起玩是她的事儿，自己管不着。可心里就是觉得不甘，总想着，梁小染凭什么都不正眼瞧我呀？

那时候周榕也没把自己和喜欢上一个人这件事联系起来，直到陈冰意有天忽然向他表白，说喜欢他像一棵安静沉稳的默默生长的榕树，周榕才在如惊弓之鸟一样逃跑之后，心惊胆战地想：怎么办？有人喜欢我了，可我有梁小染，我不能喜欢她呀！

周榕在自己的眼里，绝对不符合他高大壮的审美标准，五官还行，但双眼无神，皮肤因为不在乡下晒着了倒是白了很多,不知道为什么吃得再多也光长个儿不长肉,就是个看起来有点儿弱不禁风的瘦高个儿。

为什么陈冰意会说自己气质沉静,眼神忧郁呢?开玩笑的吧?

前一天收到班花陈冰意的表白的周榕一如往常去地上学,他坚信陈冰意只是和自己开了个玩笑。进校门的时候遇见了陈冰意,他一如既往,假装没看见,目不斜视快步走过。中午,陈冰意来向他借书,他闷不吭声地找到她要的书递过去,看都没看陈冰意一眼。

那天梁小染病了,瘦削的小脸烧得通红,却仍然坚持坐在教室里,课间的时候,周榕很清楚地看到她吞了一把药片。

周榕想这梁小染真是的,病了就回家休息呗,那么倔强做什么呀?

周榕的心被梁小染吊着,哪里还顾得上去想陈冰意的心思?

也因为梁小染这么一病,周榕那些一直藏着掖着的连他自己也不甚明了的心思,一下就昭然若揭了:他的目光除了梁小染就没向谁停留过!

第二天,梁小染好多了,虽然看起来依旧脸色苍白又虚弱,但到底没像前一天那般病恹恹的模样了。周榕悬着的心刚放下来,同桌就用手臂碰了碰他:"原来你喜欢咱班长呀?听说你上次和那些人打架是为了陈冰意,还以为你喜欢陈冰意呢。"

周榕就蒙了,好半天结结巴巴地回了句:"谁……谁……谁喜欢她了?!"

4

周榕喜欢梁小染的事情,也不知道是不是表白无果的陈冰意有意为之,在很短的时间内就在学校里流传开了。

这都高三了,次次考试拿第一,又是班长又是升旗手,完全就是清华北大苗子的梁小染谁不认识呀,暗暗地喜欢她的人肯定有,但是像周榕这样被公开地拿来说的,还是头一回。

周榕觉得很羞惭,在此之前,他还真没认真地想过自己喜欢梁小染这件事情,本来他是想躲着她、远离她的,没想到如今竟会变成这样。

反观梁小染就释然多了,该催周榕交作业照催,该使唤周榕搬东西照样使唤,别人问她知道不知道周榕喜欢她的事情,她就笑着问:"我不值得喜欢呀?"

多坦荡的女孩子啊,而且成绩也一直保持得很好。老师们就随便学生们说去了。

但周榕心里那些对梁小染的心思,早已经像一个不知不觉膨胀起来的气球一样,这个真实的传言,则像一根寒光闪闪的针,冷不丁地刺破了。周榕觉得自己无处可遁,又觉得其实也没有必要隐藏。

思考了几天之后,他想再不做点什么,怕是这一辈子都没有机会了。

表白那天,周榕选了个好天气,刚下过雨,白云像安静的棉花糖一样在蓝蓝的天上依偎着,周榕在上学路上等梁小染。梁小染一出现,他就走过去拦住她说:"梁小染我喜欢你,你看我怎么样?"

周榕说得又直接又实诚,还加了个问题,好让梁小染回答。

梁小染拒绝了。她的话又直接又狠:"你人不错,但是你死心吧,这一辈子都没有可能的。"

虽然早有思想准备,但周榕的心呀,刹那间真似被狠狠地捶打后的玻璃,哗啦啦地碎了一地,直到梁小染甩着马尾辫走远,周榕还在愣愣地看着自己碎了一地的心发呆。

心虽然碎了,但到底没死。周榕拼拼凑凑,还是有了继续的勇气:女孩子嘛,哪里是容易追的。特别是像梁小染这样的,追起来不费劲儿才怪呢。

这么想着,就安然了。反正现在大家都知道周榕喜欢梁小染,也不必藏着掖着了,想盯着她看的时候就盯着她看,想帮她干活的时候就二话不说上前去帮,谁敢欺负她他更敢站过去对其怒目而视。

周榕的态度放开了:我就喜欢她,你们爱咋咋地吧。

5

有天,一直在周家吃白食的坏小子的头儿雷小克,当着周榕的面忽然发火,怒吼而啐周榕一脸,说:"梁小染那样的柴火丫头除了成绩好点儿有什么好的?知不知道陈冰意都哭多少回了?"

周榕说了句"关我什么事",雷小克的拳头就过来了。周榕只觉得眼前一黑,脑袋嗡嗡响,可手脚倒是不笨,拳脚都快手快脚地回了过去。

那一架,若不是客人们和周榕父母拉着,还能打得更酣畅淋漓些,周榕眼也青了嘴也肿了,嘴上还是不服气:"我拍你一砖头你来我家吃这么久你总够了吧?管什么闲事!"

雷小克也挂了彩,可依旧嘴硬:"就只许你护着你喜欢的女生,不许我护着我喜欢的呀?"

两个人从此算是不打不相交了。周榕说陈冰意明明不喜欢梁小染还和她做朋友很虚伪,雷小克说梁小染和陈冰意在一起不过是想显示自己有人缘很有心机。

两个人说的时候狠狠瞪着对方,说完之后心里都在叹气:那又怎样呢?还是喜欢她。

高考像夏天的惊雷，轰隆隆地来，又轰隆隆地结束了。周榕打听到梁小染的志愿都在北京，他二话没说就把自己的志愿填上了两所北京的三流院校。

毕业聚餐的时候，大家都玩疯了。

班上两三个男生向陈冰意表白，陈冰意收下了他们的仰慕，拒绝了他们的靠近。周榕的同桌也大着胆子向梁小染表白。

周榕吊着一颗心等梁小染拒绝完，那家伙还不死心，非缠着梁小染问为什么，嚷嚷着非让梁小染给他一个理由才死心！

梁小染当着众人的面是这么说的："我梁小染十年前就发过誓，这一辈子我要一个人过，也不准备谈恋爱。所以你们该干吗干吗，我自己也该干吗干吗。"

梁小染的声音清脆而又洪亮，带着一些磁性，也带着别人觉察不出来的决绝。

周榕在聚餐结束之后，一直尾随梁小染到了她家楼下。那是第一次，也是最后一次问她为什么要说那样的话。

梁小染回答得挺坦白的："我爸和我妈结婚二十年，我爸打了我妈二十年，在我出生之前，有三个孩子都没能来到世上。我不知道我妈为什么要选择那样的生活，但是我已经决定了，不会让那样的人生有机会降临到我身上。"

这理由，其实周榕心里隐约猜到了，他第一次见梁小染的时候，她明明要为父亲披麻戴孝地送终，却在门外露出了笑意。

除了心疼她竟然有那样一个父亲，也觉得不管说什么安慰的话都很苍白无力。

6

刚上大学的那几个月，周榕确实沉寂了一段时间，生生忍着没去梁小染考上的那所高大上的历史名校里转悠。

过年的时候，在同学群里听说梁小染学习还是很厉害，各方面表现都很优秀，去日本或者英国做交换生都没有问题。

周榕坐不住了。他觉得梁小染像是上了一辆正飞速离去的列车，自己没有车票、没有行李，甚至没什么力气，就算是拼了命地奔跑，也肯定跟不上梁小染的速度。

周榕灰头土脸地跑到梁小染家的楼下转悠了两圈，又垂头丧气地走回家了。

大二的暑假，周榕坐在家里的沙发上吹着空调，吃着西瓜，看电视上的国际大学生辩论大赛。看着梁小染带着她的团队一路过关斩将摘下了桂冠。

周榕看得激动万分、心潮澎湃。

梁小染更自信了。

梁小染那嘴怎么就那么厉害呢？

梁小染那英文说得他一个字也听不懂。

梁小染怎么还是那么瘦，是不是学校的饭吃不惯？

小的时候，有一年村里缺水，送水车来了，大家都去抢，周榕陪父亲拿着水桶在后面慢慢排着队，心里很急。可父亲说："慢慢等，总会轮到的。"

周榕决定再次向梁小染靠近的时候想的就是这个：慢慢等，她总会改变主意的。

周榕开始经常出现在梁小染周围，每天早上他都很早起床，从学校出发骑半个小时的车去梁小染的学校，只为了能在她晨跑的时候给她瓶水。偶尔两个人都没课时，混进自习室给她占个座。看她提着很重的东西的时候，跑过去抢在手里帮她提着。他只是静静地陪着她，绝不多说话。

周榕本来便不是多话的人。梁小染有时候无奈地看着他，让他该交女友交女友，该读书读书，该工作工作，他只笑着，不点头，也不摇头。

慢慢地，梁小染就不管他了，他爱来来，爱走走，她该做什么做什么。

也有人问梁小染："经常来找你的那个男生是不是你男友？"梁小染回答得干脆："不是。"

对梁小染来说，周榕虽然执着，但他不讨厌，话不多，也懂看脸色，但周榕也仅仅是一个她认识的喜欢她的高中同学而已。不会更特别，更不会动摇她的想法。

梁小染大四的时候就快读完研究生，准备考博士了，周榕还在准备他的考研，他想的是，追不上就慢慢追吧，毕竟路是死的，人是活的，她总有累了歇会儿气儿的时候。

7

可梁小染是不歇气儿的。

她一边读博士一边就找着了工作，每天不停歇地忙碌着。考了三次才考上研究生的周榕想见她一面都难。只知道她满世界地转，很忙碌。

周榕研究生毕业那年，梁小染在北京买了房子，把她妈妈也接来了，她已经成了空中飞人，开始满世界地飞。高高瘦瘦的女孩子，马尾变成了短发，又漂亮又利落，走路都带着风。

周榕也在北京找了份工作，买了一套小房子，在北京一个人定居下来。

打听到了梁小染在北京的家后，他每天下班都到她的小区转悠，终于让他遇着了梁小染的妈妈。

开始的时候周榕假装认老乡,他气质温文、谈吐稳重,做事儿也实诚,梁小染北欧出差一个月回来的时候,周榕已经到梁家登堂入室了。

回家看到周榕,梁小染虽然没太惊讶,但到底很不高兴,脸拉着,没笑容。梁妈妈明显也怕梁小染,虽然觉得周榕人不错,可仍赶紧让周榕走了。

周榕出门要走的时候,梁小染放下手里的筷子说了句:"别再来骚扰我妈了。"

周榕没吱声,过后还在梁小染家的小区瞎转悠,遇到梁小染的妈妈还是热情招呼,热情帮忙,提个蔬菜瓜果上楼呀,修个下水道,换个灯泡什么的。有次修马桶修到一半,梁小染忽然回来了,瞪了周榕一眼,周榕就灰溜溜地走了。第二天周榕又去,继续把没修好的马桶修好。

梁小染妈妈慢慢地就把周榕当准女婿看了。周榕心里挺高兴的,真就把梁小染她妈当成自己妈孝顺了。

二十七岁那年,梁小染已经成为世界五百强企业里的高管了。周榕还在保险公司跑着业务,业绩倒是不错,几乎把梁小染家社区的保单全部拿下了。

偶尔在财经新闻里看到梁小染中英文交叠地接受采访,周榕脸上的表情像他妹考上了名校一样自豪而满足。

不让追,还不让等吗?周榕想,自己这辈子,远房叔公给自己留笔遗产那样的好事都能遇上,等到自己喜欢的人也喜欢自己,没什么不可能的。

万万没想到,口口声声称不恋爱不结婚这么多年的梁小染,居然会忽然喜欢上别人而且结婚了。

8

那天梁小染妈妈哽咽着给周榕打电话,说对不住他,梁小染嫁给了一个外国佬。

周榕愣了好一会儿,半天才恢复了理智,安慰了老太太。挂了电话后,他发现自己全身冒冷汗,拿着手机的手指青白冰冷,看了一眼镜子里的自己,脸色真跟个死人一样。

周榕缓了好几天,才觉得有力气带着贺礼去梁家。

他买的贺礼土气得不行,一套白金首饰,本来想买黄金的,但总觉得跟梁小染的气质不搭,就换了白金。他是这样想的:嫁人就嫁人吧,他不能娶她,还不能把她像妹妹一样嫁了吗?

周榕后来想想自己这个人真是够土气的,也够没本事的,也够没意思的,梁小染那样的女孩子，即使想结婚了不选择自己也是应当。

周榕到的时候，梁小染和那个黄头发的老外刚巧要出门，那老外对梁小染"哈尼哈尼"地叫着，听得周榕的心越发痛得不可抑制。

梁小染看到周榕，都懒得向他介绍自己的丈夫，只是无奈地叹了一口气对周榕说："不是让你别再来了吗？"

周榕平日在别人面前也算是气宇轩昂的伟男子，但他一在梁小染面前就怂，所以梁小染这么一问，他双手举起礼盒，硬生生地挤出一个笑脸："你结婚了，我来给你送贺礼。"

梁小染看了一眼，谢谢都没说一声就跟老外出门了。

倒是梁妈妈哭了。说女儿出嫁，在什么拉斯维加斯注册结婚，回来后也没酒席也没婚礼，就这么嫁了。她平时又是个对亲友极冷硬的人，这么多天除了周榕，一个祝贺她结婚的人都没有。

周榕安慰了梁妈妈一番，也安慰了自己一番：自己对梁小染到底还是特别的一个。

梁小染结婚之后，周榕父母催着，梁妈妈也帮着张罗着，开始给周榕找对象。本着尊重长辈的原则，周榕都去了。甚至还与其中两三个女生见了几次面吃了几顿饭。但最后都不了了之，周榕自然也乐得轻松。

梁小染的丈夫好像没事做似的，整天跟着梁小染满世界地跑，给梁小染拍了很多照片放到了博客上，加上爱心和吻的图片各种秀恩爱。

周榕也关注了，一边恨得牙痒痒，一边把那些梁小染的照片都下载下来冲晒整理成册，整整齐齐地放在一个小木盒里。

梁小染生病的消息，也是从她丈夫的博客得知的。照片上是一张英文的诊断单子，发了许多哭泣的表情，写了一句"亲爱的竟然为了这个要和我离婚"。

那张诊断单的结果是：淋巴癌晚期。

9

周榕一开始觉得应该不是真的，老外爱开玩笑，也许是假的呢？

去了梁小染家，来开门的梁妈妈的眼睛是肿的，周榕的心理差点儿就垮了：这也太不公平了，梁小染那么辛苦才走到今天，竟然会得病。

梁妈妈说梁小染的爸爸就是得这个病死的，从发现到走，不过四个月的时间。"那个死鬼，害了我一世，走就走了，还拖上了女儿。"

梁小染把自己关在房间里，怎么叫都不开门。周榕在门外站了一会儿，他想象不出来梁小染情绪崩溃的样子。梁小染在他面前,从来雄赳赳气昂昂,有心机、有谋略、有魄力、有魅力,就从来没疵过。

"小染,咱再去查查吧,说不定是误诊呢。"好半天,周榕这样安慰她,也这样安慰自己。

房间里仍然寂静无声。

梁小染的丈夫红着眼睛给周榕看一沓诊断单,各种文字的都有,一下就把周榕眼里那点儿微弱的希望给彻底浇灭了。

人在面对死亡的时候都想什么呢?周榕不知道。

梁小染的病发作得很快,最后那段日子,她几乎是惨不忍睹。梁妈妈悲恸欲绝,也病倒了,那老外大概接受不了鲜活动人的梁小染变成那个样子,从加护病房出来后竟然吐了一次。所以梁小染的最后时刻,是周榕陪着她的。

梁小染走之前清醒了几分钟,隔着防护衣、防护口罩,她竟然把周榕认出来了。

"你知道的吧?我一直恨我爸,他死的时候,我都笑了。所以现在我一点儿都不意外,也不恨我自己得这个病。就是我妈太可怜了。"

"回头想想,你竟然一直在我身边,我挺幸运的。你怎么不去喜欢别人呢?真傻。"

"谢谢,抱歉。"

你在我心里,占据了全部。我怎么去喜欢别人呢?你就是我不爱别人的理由啊。

周榕的心里海一样默默呜咽着,泪水把防护口罩都打湿了,却终究什么话也没能说出来,只是脱下手套,第一次,也是最后一次轻轻地握住了梁小染的手。

梁小染走的时候,脸上的表情挺安静的。周榕感觉到了她的手在自己的手心里,慢慢地,慢慢地,永远地失去了温度。

10

梁小染走后,她的丈夫也搬离了梁家。一开始的时候,他还在博客上发些怀念梁小染的文字与照片。一年之后,他已经从伤痛里走出来了,博客开始发新女友的照片了。

"陈世美!"

周榕骂了个不是很对题的词,狠狠地取消了对他的关注,关掉了网页,然后起身给梁妈妈做早餐。

梁小染的丈夫搬走后,周榕就搬进了梁家,住进了梁小染的房间。

梁妈妈在梁小染走后,就变得有点儿糊涂了,医院说是阿尔茨海默病前期。她迅速地忘掉许多事情,包括不幸的婚姻,包括女儿的早逝。因为周榕时常陪着她,她坚持认为他是自己的女婿。经常问他:"小染又去出差了?这次是去哪儿?"

周榕就拿出之前他打印出来的那些梁小染的照片给她看:在纽约呢。在伦敦呢。在巴黎呢。在旧金山呢。

哄梁妈妈的同时,周榕也骗骗自己:梁小染只是去出差了而已,只不过时间长一点儿,走得也远一点儿。

11

周榕一直单身,父母对他的婚姻大事又急又心痛,但也无可奈何。直到他妹妹的孩子出生后,才放过了他。妈妈甚至偶尔还会来帮他照顾一下已经完全不记事的梁妈妈。

周榕不是不懂父母的心急。他也试过了,一次又一次,可最后都不了了之。其中有个和他认识了半年的姑娘气得直接说:"你这个人有毛病吧?我看你根本不打算喜欢上任何女孩子!"

周榕在深夜惊醒,仔细地想了想自己这么多年来的一切。

是呀,他根本不想喜欢上任何人。梁小染在他心里扎得太深了,他几乎整个人都变成梁小染的了,又怎么能去喜欢别人呢?梁小染就是他不爱别人的理由。

他想他原来真的就像当年陈冰意所形容的那样,是一棵安静沉稳、默默生长的榕树,在梁小染这里长呀长呀,长着长着根就扎得太深了,树干都成了树根,然后就哪儿也去不了了。

没关系,反正,除了有梁小染的地方,他哪儿也不想去。

如果你也喜欢我，
那就为我种一棵树吧

有一天，当我又到那棵树下想你时，你就坐在那椅子上等着我，也许须发花白，也许皱纹满面，也许会是另外的样子。但阳光下，你会微微地看着我笑，眼睛里载满了我现在已经看得懂并且会有所回应的温柔。

1

分手是林子洋先提出来的。

二十六岁,在我们双方父母开始有意商量我们的婚事的时候,他忽然约我到纽约中心公园,在那棵我亲手种下的,他照顾了多年的法桐树下,对我说:"梁水幽,我们分手吧。"

我愣了一下,随即情绪有些失控地吼道:"好好的分什么手!"就像我一向都无视他一样,我想继续无视他的闹情绪。

"你记得这棵树吗?"林子洋很平静。

"这棵树怎么了?"我却火气很大。

"这是你为赵明树种的树。你要是喜欢赵明树,我现在就给你一个机会去找他。我等了你这么多年,也等累了。"林子洋不为我的恼怒所触动。

"有话快说,别卖关子!"我也不知道我的情绪为什么这么坏,总之我觉得难以控制自己了。

"分手吧,水幽,要遵循自己的内心去生活,才会快乐。"林子洋说完这句,居然转身走了。我看着他的背影半天,才反应过来:我,居然,被林子洋给甩了!

按我以往霸道专横的做法,我是决不可能让林子洋想说分手就分手的。就算要分手,也得是我甩他,而不是他甩我!

我气冲冲地一掌拍在树干上,正好来了一阵风,落叶簌簌而下,有一片落叶,刚巧落在我的手背上。

那片树叶黄得刚刚好,形状与多年前夹在我一本书里的那片十分相似。

那本书是英文原版的《飘》,我出国时你忽然送给我的礼物。我不知道你为什么会在一本书里夹一片树叶送给我。有去深究过,但从不曾真正明白。只是每每想起,心会跳着隐约作痛。

2

回到家,黑白灰三色装饰的家里凌乱而冷漠,我才想起,林子洋去年就搬出去了。

我愣了好一会儿,才承认林子洋说得对,我确实不是一个快乐的人。尽管我有一份令人羡慕的医生的工作,尽管我过着很好的生活,尽管我父母健在,尽管我有一个爱我的男友。

但是,我不快乐。

可我的内心到底想要怎样的生活呢?

我很仔细地想了一夜，仍然没想明白。直到林子洋打来电话，他说："梁水幽，打开电视，看新闻台。"

是一则无国界医生在阿富汗遇袭的新闻，其中有一名中国人。

我从沙发上跳起来，回拨林子洋的电话，对他大叫："林子洋！赵明树是不是去了阿富汗？"

林子洋很久都没有说话，然后缓缓开口："梁水幽，你要否认自己喜欢赵明树到什么时候？"

挂上电话，我赶紧寻找各种能够打听到确切消息的电话号码，试图确认那则新闻里所说的那名不幸遇难的华人医生的名字。每打一个电话，我的手指便颤抖加剧几分，每确认一个消息，我的心便似被一只无形的手攥紧一般难以喘息。

赵明树，不许死，我不准你死。

赵明树，我承认我喜欢你。所以求求你，不要死。

赵明树，这是我第一次很认真地祈求上苍，也是我第一次祈求你。

我从小就是那种犟得不行，甚至是见了棺材也不会落泪的性子。

比如说，如果妈妈答应晚上给我做我喜欢吃的菜而她忘了做，我就会饿着不吃饭，直到她冒雨去买菜，重新做，并且道歉请我吃，我都不会吃；比如说，一个人如果对我说了一句让我难过的话，我就会死死记住，从此之后都不会再理他；比如说，一开始我觉得自己讨厌一个人，到后来不讨厌了，却仍然会不断地暗示自己去做一些能表现我依然讨厌他的事情。

比如说，我明明很喜欢赵明树，却与他老死不相往来许多年。

十二年前，我消瘦而多病，脸苍白，但脑子出奇地好，不但功课不错，还能准确地记住谁得罪过我。

初三刚开学没多久，我又病了。因为生病难受，期中测验我考砸了。

有几个爱八卦的女生，叽叽喳喳地说着闲话："梁水幽考砸了。""唉，这次被二班抢了第一了。"换作以往，大概我会呛声回去，但现在重感冒令我头痛难忍，懒得出声。

"有本事你们自己去考第一呀。"说这句话的是林子洋，那时候，他只是我哥们。

我歪着头，眼角余光看到有一道高挑笔直的身影挡住了教室门口的光，有女生轻轻"哇"了一声说："赵明树！"

不知道是不是因为重感冒导致我双眼模糊，在你没有开口说话前的那一秒钟里，你背着光的身影，如若天使光环。

3

赵明树，那是我们的第一次正面交集。

彼时，我们已经同校同级两年多，大家常常在说五班有个梁水幽，二班有个赵明树，我们虽然彼此知道对方是谁，但从没正面相遇说过话。

我抬起了沉重疼痛的脑袋，看向那个笔直地站在教室门口的少年，逆光让你的身影似天使又似魔鬼，我知道，你这次考了第一，我们在名次上角逐了两年多，我第一次输给了你。

我心有不忿，却也隐约有个想法，这个世界上，除了我，再也没有别的女生可与你比肩。不知道算不算高兴的事情，却觉得并不坏。

如果，当时你换一个说法关心一下我考砸的原因，我们是不是会有另外的开始？

骄傲的少年说出口的却是："病成这样，我这第一拿得真没意思。"

抛下这句话后转身离开，你毫不掩饰来视察对手情况的目的。我只觉得胸口发闷，隐约莫名的期待被你这句话打得粉碎。

赵明树，十五岁的你，真的很讨厌。

可是，那时候我们谁都不知道，喜欢一个人是什么样子的。也不知道，太过强烈的讨厌，也是一种情感的开始。

那个冬天我背书的时候，几乎都带着咬牙切齿的决心与恨意。期末，我终于又赢了你。虽然我又感冒了，但我足足比第二名的你高了十二分呢。

从老师办公室走出来的时候，我手上还拿着班主任特意给我买的感冒药，还有一个盛情难却的苹果。

你抱着一摞作业刚刚走上楼梯的拐角，秋日的夕阳暖暖地洒在你五官俊美的脸上。

赵明树，我承认你长得很好看，也承认你这个"八中校草"的名头不是浪得虚名。

但这并不妨碍我讨厌你。我大大咧咧地走过去，经过你的时候故意歪了一下手臂，我手里装药的袋子撞掉了你手里的作业本，就在作业本往下掉的时候，我感觉到自己的马尾被人狠狠地扯住了。

我"哇"地大叫一声，索性就在走廊里大哭起来，办公室的门纷纷打开，老师们盯着你还扯着我头发的手震惊了，你的眉梢有一丝尴尬闪过，却高傲地冷起了脸："她装哭。"

年级第一的位置坐得太久，各科的老师都认识我，于是纷纷责备你："赵明树，欺负女孩子可不好哦。"

你面无表情，眼眸中怒火莫名。我抹着眼泪，心里却早已笑累。

赵明树,你记得这些吗?那时候幼稚的我,还有幼稚的你。我们俩为了谁能拿年级第一暗自较着劲儿,你不服气我,我也不服气你。那次之后,偶尔在路上遇见,谁也没给过谁好脸色。

但是,自此之后,除了对方,谁也没入得谁的眼。

高考过后,你居然高我一分考上了最好的外国语中学。虽然我也超过了外国语中学的分数线,但我却气得就快要吐血。我在暑假报了三个培训班,整个假期拼了命似的,不是在看书背词典就是在上课,我就不信上了高中你还能压住我!

林子洋有天在我去上补习班的路上拦住我:"喂,你别拼命了,赵明树整个夏天都在玩,他肯定比不过你的。"我脑中一激灵,随后冷静地问他:"他都玩什么了?"

"他帮他爸种树去了。"

我课也不上了,扯着林子洋拦了辆出租车就去找你。

赵明树,你这家伙吧,整天穿得干干净净的,骄傲得像家里富可敌国似的,要不亲眼看看,我都不相信你会帮你父亲的园艺公司做种树这样的事。

车子在正在建设的湖滨公园停下的时候,正好看到你和几个人从一辆货车上往下搬树苗,那些树苗一捆一捆连根带泥,光是看着都觉得脏。

你穿着一件浅蓝色的牛仔衬衣,看起来也脏兮兮的,像那几个工人一样一捆一捆地搬着树苗,好似没看到我一样。

你看起来有点儿狼狈,但一直笑着和旁边的人聊着些什么,你脸上的笑容让我差点儿认不出你,这样的笑容,我从来没有在你脸上见过。

"赵明……"林子洋要喊你,我却忽然转头就跑,像做了什么亏心事那般,跑得飞快。

那时候我在想什么吗?心里忽然冒出来一个莫名其妙的念头:赵明树那样狼狈的样子出现在我面前,他会不会自卑呀?

那时候,我还不知道,原来,那些与你在学校里暗自较劲儿的小时光,不经意间早已刻进了我的生命里,成为我此生无法舍弃的印记。

我为何会忽然在意你是否自卑,我没去细想,只是后来又独自悄悄地去了两次湖滨公园。

第一次去,你在湖的西边种树,满身泥泞却身材修长、气质出众。

第二次去,你在东边浇水,水雾与阳光的作用下,你的身边竟有彩虹。

第三次见你，是开学那天。

只可惜我又病了，上学的路上，林子洋帮我提着书包，我走几步就咳嗽一阵，很是丢脸。

你就站在校门右侧，长身玉立，看着我和林子洋，我被烧得有点儿迷蒙的眼睛看不清楚你的眼睛，但觉得好似有敌意。于是走过你身边的时候忍住难受，抬起头装作趾高气扬。

你轻飘飘地说了句："病成这样就老实在家里待着得了，不过是来报名，又没人批评你。"

我气得说不出话来，恼羞成怒的我跳起来，把手里拿的一瓶中药汁泼向你。

那是我妈给我煎的中药，奇浓奇苦无比，药汁沾满了你的米色格子衬衣，画出了张牙舞爪的印子。

"梁水幽！"你叫着我的名字，咬牙切齿。

"怎么的！"我烧得满面通红，不让毫厘。

然后，还没开学，我们就出名了。在作风严谨、治学严肃的外国语中学，开学第一天就在校门口吵架动手，想不出名都难。

从此之后，我们的名字常常被人相偕提在一起，我不知道听到的时候，那些莫名其妙的窃喜从何而来。只是想，如果我的名字从此之后一直在你的未来里就好了。

我想我应该更努力一些，确保你的未来里，都有我的出现。

5

你在我隔壁班，班长、学霸、班草、校草。你们班的女生提起你，都是：我们班长明树如何如何怎样怎样。

而我呢，虽然脾气坏点儿，但成绩很好，长得也不算差，还有像林子洋这样的死忠粉。我真不比你差。

我开始狂背《牛津英语词典》，我不相信我把整本词典背下来还压不住你的风头。

当我的词汇量终于达到外教老师水准并且打算去考雅思的时候，我却并没有胜利的快感，因为我听说，你有女友了。

我抓住林子洋，逼问他知不知道那个女孩是谁。

林子洋支支吾吾半天，说他也不知道。

我的心像灌满了愤怒的风，我一会儿想冲到你面前吼你一句："考试都考不过我，你玩什么早恋！"一会儿又想，赵明树居然有女朋友了，真没意思。

我没有仔细想我为什么会愤怒与伤心，只是觉得单单愤怒与伤心就已经把我折磨透了。

李华卉同学是替你来质问我的，问我爸为什么不给你家结货款，说你家因为没钱周转都要破产了。

我窘迫至极，我向来不知家里的事情，而李华卉咄咄逼人，还有那些八卦女生嘴里所说的李华卉给你写过信与你约过会，甚至有可能就是你女友的绯闻，像猪油一样蒙了我的心。

我犯错了。低头，像愤怒的牛犊一样，把她撞得从楼梯上滚了下去。

在以成绩为重的重点高中，差生打架一般就直接开除了，但像我这样成绩拔尖儿的学生忽然打架，还真是挺难处理的。而且，我还不肯低头道歉。

李华卉的妈妈很难缠，于是，我被罚每天都站在走廊听课，被穿堂风吹得多了，又病倒了。整个走廊都是我的咳嗽声，响彻前后六个教室。

我故意站在离你们教室后门比较近的一头，咳的时候几近声嘶力竭。你个子很高，坐得离后门很近，清雅的侧颜像白玉的雕像般一动不动，别人听到我的咳声回头看，你却从未看过一眼，只是我一咳嗽，你那俊眉，便慢慢地锁了起来。

赵明树，那时候我多幼稚，很高兴地以为自己影响了你。

赵明树，那时候我也多恨，因为在放学时，看到你和李华卉一起回家，远远看过去，你的脸很温柔，不知道在说些什么。李华卉额角还有伤，低着头在笑。

可她凭什么笑得那样开心？

第二天，李华卉自己跑去校长面前说与我和解了。谁和她和解了？我一听说跳起来要跑去澄清，被林子洋死死抓住。

林子洋说："祖宗！你就消停吧，她哪里得罪你了你这么恨她？"

我狠狠地甩开林子洋的手，心里那句"因为赵明树和她好了"横冲直撞，却说不出口。

想一想，我这个人真别扭呀，明明喜欢，却不肯承认。明明看到你很想笑，却总虎着脸。

我拼了命般，要出现在所有你会出风头的场合中。英文演讲比赛，你去，我也去；爱国主义征文，你去，我也去；奥数竞赛，你去，我也去；升旗手，你去，我也去。

真的，赵明树，我除了体质差一点儿，没有什么比不上你的。

我似急红了眼般争抢着站在你身边，却从不去确认自己是为了争一口气还是为了其

如果你也喜欢我，那就为我种一棵树吧

他。当然,也从来没有仔细地去看你那冷漠疏离的眼神中,不知道什么时候藏了我当时不能理解的温柔。

高二,父亲的生意蒸蒸日上。校庆的时候,一下就捐了几十万给学校图书馆。而你们家的园艺公司,却破产了。学校里关注你的女生很多,她们的讨论一点一点地传到我的耳朵里,想不知道都很难。她们说我爸是奸商,坑了你的父亲;她们说赵明树真有风度呀,一点儿都没有落魄的样子。

她们真肤浅,竟然不知道有本事的人不管遭遇什么样的困难都会有本事。

那一年,我凭着过人的词汇量,成了学校最小的通过雅思考试的学生。你居然也是。梁水幽、赵明树两个名字被写在红色条幅上,在校门上挂了好几天。我收到了心仪的学府寄来的邀请函,听说你也收到了。林子洋很焦虑,让我出国后别看上别人。

我怎么会?我满心满眼都是赵明树,要与赵明树并驾齐驱,要把自己的名字永远印在赵明树的生命里。

我只是没想到,我去了,你没去。

6

那时候的我其实除了成绩好点,其他方面的智商真的挺让人着急的。我觉得与你竞争是人生必需,却完全忽略了自己为何必须与你竞争。

我觉得你与我一样考过了雅思,你与我一样收到了名校的邀请函,你就一定会与我一样一起出国。

我完全不去想,家庭经济陷入困境的你有可能连机票钱都没有。

所以,当我在异国他乡的校园里适应了三个月之后,才忽然发现明明也收到了邀请函的你从来没有出现过。从校董办公室出来,我给林子洋打电话,我说:"林子洋,你知道赵明树没出国吗?"

林子洋说:"是呀。他没去。"

"你怎么不告诉我?"

"你不是讨厌他吗?现在不用看到他了,是不是每天都过得很爽?"

"是呀。"

是呀,我是讨厌你。讨厌你到什么程度呢?订好机票之后,你其实来找过我,送给我一本书,《飘》的英文原版。我很嫌弃地扭头便走,没有伸手去接。

最后,还是林子洋帮我接过,又在送我上飞机时把它塞到了我的背包里。

我表现得真的挺讨厌你的对吗?

可是不是。我是讨厌你，但是我发现，生活中没有你之后，做什么事都觉得没有意义。功课优秀有什么意义？赵明树也没在。导师赞赏有什么意义？赵明树也没在。考上哈佛有什么意义？赵明树也没在。

赵明树，当我听说你成了我们那个市的高考状元的时候，我真恨不得飞越重洋回去与你一较高下。

听说你大学考的是医学院，我便也想去考，可笑的是，我竟然有晕血症。

赵明树，你知道我是如何克服晕血症的吗？我把在美国的卧室里所有的东西都换成了血红色，喝血红色的番茄汁，每天都抽出大量的时间去屠宰场待着，看鸡鸭猪牛羊被放血。十九岁那一年，我真是过得无比血腥，呕吐无数次，晕倒无数次，去看心理医生无数次。

但没有什么能够阻挡我想做与你同样的事情的决心，这决心飞速地生长与坚硬，成为似与生俱来般的倔强的存在。

幸运的是，尽管不甚顺利，我还是成功地考取了医学专业。虽然以我的弱体质要成为一名辛苦的专业医生，还有许多艰难的路要走，但是，我不怕，只要能把你比下去，我什么都不怕。

除了应付功课，我开始跑步健身，身体竟渐渐健康起来。听林子洋说，你在医学院里仍然是高才生，已经开始考研了。我便更拼命一些，美国这里更注重实践，想做医生绝不仅仅是光会背书、做功课的事情。

二十一岁，林子洋发来一张高中同学聚会的照片，你清冷俊雅地站在后排，仿佛四年前的少年模样。

赵明树，我变了许多，你怎么还是那样？

二十二岁，听说你会来美国做交换生。我花了更多的时间在功课与实习上，我要确保自己足够优秀，如果我不能把你比下去，至少应该能够与你比肩。

林子洋那个家伙，考了许多次雅思都没过，最后自己花钱来留学了。后来索性与我一起租了一套两室的公寓。我并不觉得这有什么不妥，在林子洋没有正式表白之前，我一直把他当成哥们看。

我自然也迟钝得不知道，当你终于能来美国见到我，却发现我与林子洋住在同一所公寓时是什么样的心情。

林子洋做了很多菜为你接风洗尘，我为了掩饰心里那些连我自己都无法明白的心思，全程冷着脸，话都不多说一句。

赵明树，其实连我自己都不知道，我只是紧张，紧张得无所适从，只好用冷漠

掩饰。

饭后,林子洋在洗碗,你站在阳台,侧影笔直,似一棵迎风而立的树,这他乡城市里的霓虹淡淡地抹过你优美的肩线,让你整个人似有一层光晕。我的拳头握了又握,才忍住了想伸出手去轻抚你背影的冲动。

阳台有个大花盆,上面是一棵法桐树。它从一颗种子长成了现在的模样,但因为空间实在太小,它长得很是瘦弱。

直到你走,我都拿着一本书在看,不说一句话。只听见你对林子洋说:"那棵树要种在大地上,才能长得好。"

林子洋笑:"赵明树,你到底是医生还是园艺师呀?"

7

那个周末我起得很早,独自把那棵种了五年才半手腕粗的树从花盆里拔了出来,天还没亮就在纽约中心公园的一片空林地上开始挖坑。种好的时候,有个小流氓过来开玩笑说要把它拔掉。我又打架了。

林子洋看着我从警察局里出来,他说:"梁水幽,本事大点儿了,以前只是推倒女生,现在都惹上小流氓了。"

我虎着脸瞪他,一声不吭。

怕他问起,高中时,表面上一向嚣张但其实胆小如鼠的我为何会打架?

怕他问起,为何搬家好几次,每次都坚持带着那棵半死不活的树?

怕他问起,为何忽然之间,却要将那棵树种到公园里?

怕他问起,是否,都与赵明树有关?

赵明树,多年过去,我发现我不但没有变得更坦诚、更勇敢,反而变得更别扭、更阴郁。我甚至都不敢承认,我做的许多事情,都与你有关。

《飘》那本书里,除了有一片树叶书签,还有一粒小小的法桐树种子,我不知道你是有意还是无意地夹在书里面,一开始种下它的时候,我也不知道它是一棵树。而当它长成一棵树的时候,我觉得它不仅长在了阳台的花盆里,还牢牢地长在了我的心上。

那棵树被我种在公园里以后,长得很好。林子洋找了份很自由的工作,便经常去照看。我进入了医院实习,又打算考医生执照,每天忙得脚不沾地。

匆匆忙忙中,我们偶遇过三次。

一次在学校里,你在你的导师身边,我在我的导师身边。我们的导师相识,他们夸张地拥抱。我与你分别站于他们各自身后三步开外,你说:"好久不见。"我愣了好一会儿,才说:"嗯。"

另一次是在医院,我在替一个患者做心肺复苏,他很胖,我几乎用尽全力,你与你的导师正好经过,帮了忙。而你离开后很久,我才对着空气喃喃地说了声微不可闻的"谢谢"。

还有一次是在一家餐厅,我身边是提着他自己生日蛋糕的林子洋,你身边是你的同学。你说"林子洋,生日快乐"。林子洋说"谢谢"。而我,站在林子洋身边什么也没有说,甚至忘记了抽出被他忽然间抓住的手。

赵明树,我是不是又愚蠢又别扭?我对你冷漠疏离,我与林子洋几近亲密无间,我只觉得你若喜欢我,必定会向我靠近。我竟从来不知道,其实是我一直拒你于千里。

两年后,那棵树有了一个不大不小的树冠,林子洋在树下向我表白,他说:"梁水幽,我喜欢了你这么多年,既然直到现在你身边都没有人出现,那就和我在一起吧。"

彼时,你刚刚结束了交换生课程回国。听林子洋说,你只打了一个电话告别。

两年前那一次接风晚餐之后,到你两年后的离开,你一直都未主动与我们联系。

我更甚。

8

二十五岁,我回国休假。林子洋牵着我的手去参加同学聚会,大家夸张地说着"好福气,真羡慕"之类的话,我却神思恍惚地看着门口,听说你也会来。

赵明树,可是你怎么没有来?

回国十天,我去湖滨公园逛了二次,我在你种下的树下长久地驻足,我在草地上闭上眼睛企图穿越回去再看一次那个身边有彩虹的少年。

我还跑了三趟医院,挂了你主治的号,等了一个小时,最后却落荒而逃。我现在健康得很,再也不容易生病,我不知道要用什么理由去看胸外科医生。

最后,窝在停车场的车里等你,从清晨等到日落,再从华灯初上等到凌晨寂静,你终于出现,高、瘦、深灰色的风衣衬得你的肩线更完美。赵明树,那时候我总是想,不知道我有没有机会在你的肩上轻轻地靠一靠。

我是不是应该冲出去,忽然空降到你的面前,厚颜无耻地说:赵明树,你好,我等了你一天,我喜欢你。

只是想,都觉得好窘迫。我心性那样高傲,脸皮那样薄,个性那样别扭,又如何做得出来。

我静默地坐在车里,眼睁睁地看着你的车滑过我的面前,消失在大门的拐弯处。

要不要去见你,是我回国那十天里想得最多的事。

可是到底没有见你。

赵明树,若知那有可能是我与你的最后一次见面,我是否会不管不顾?

回美国后不久,便听说你申请去做了无国界医生。林子洋加入了一个同学群,我于是像一个喜怒不形于色的细作,潜伏在林子洋的网络后面,悄悄关注与你有关的一切。

他们说,你是很优秀的医生。

他们说,好好在医院里多赚钱,赵明树却要去做义医,了不起。

他们说,李华卉还喜欢着你。

他们说,赵明树是不是有毛病,怎么还没有女友?

他们说,赵明树那样优秀的人,当年也只有梁水幽那样的天才能配得上他。

我在屏幕的另一边暗暗伤感,配得上又如何?赵明树与我,多年来都形同陌路。

赵明树,知道吗?为了你,我也去了阿富汗。他们拿出那名不幸遇难的青年医生的照片的时候,我捂着嘴巴呜咽着泪如雨下。

赵明树,不是你。幸好,不是你。

但同样不幸的是,你在暴乱中失踪了。那里是艰险的乱世,谁也不敢保证你的生死,亦不敢断言你是否还在人世。只找回了一些你的物品:简单的几件行李,还有,两封遗书。一封是你写给你父母的,另一封,竟是写给我的。

9

梁水幽:

这封信,大概不会到你的手上。

与林子洋结婚了吗?会继续幸福吧?

今天离战火更近,受伤与死去的人都很多,也许,某一刻我也会遇到吧。大家开玩笑说应该先把遗书写好。

我这小半生,真没有什么遗憾的。只除了,身边没有一个你。

谁知道我会喜欢上你呢?你聪明、倔强、骄傲。我一开始很努力地接近你,只是因为不服气。后来,不服气慢慢变成了服气,服气又慢慢变成了另外的东西。

一开始我不知道是什么。

只是觉得你连生气瞪我都很可爱。

只是觉得你趾高气扬地站在我身边领奖时很神气。

只是在收到女生的表白信时拒绝对方的理由都是我有喜欢的人了。

只是知道你打架受处罚时我很生气。

只是觉得你生病咳嗽时心会痛。

只是想为了让你好过点儿，去劝那个与你打架的女生高抬贵手。

等我终于知道那是喜欢时，你却要走了。

看过一部电影，男孩对女孩说：如果你也喜欢我，就为我种一棵树吧。

我决定送你一本书，书里夹了一片法桐树的树叶和一颗种子。我很喜欢这种树，高大优雅，生命力旺盛，在什么地方都能生长。

你没有收我的礼物，我难过了很久。

刚到美国时，看到你家的阳台有一棵法桐树，也以为自己的念念不忘有了回应。但现实却是，林子洋喜欢你人人皆知，你若不喜欢他，怎会同居一室？

我难过了很久。

但，喜欢一个人是什么呢？就是喜欢。喜欢得看着她成了别人的女友也还是喜欢。

所以呀，梁水幽，继续幸福吧。再见。

10

2015年，我二十七岁。是纽约一家医院的医生，每天都很忙。

我有一个朋友林子洋，他最近结婚了，经常在我面前秀恩爱。

我还有一棵法桐树，种在纽约中心公园，它已经长成大树了。我几乎每天都会去看它，在树下坐一坐。树下那张白色的长椅，用中英文刻了一行字：赵明树，这是我为你种的树，如果你也喜欢我，就回来找我吧。

有人把椅子上的字拍了照片传到网上，说，那是一个正在发生的爱情故事。网友们为我想了很多完美的结局。

赵明树，我偶尔也会期望着，有一天，当我又到那棵树下想你时，你就坐在那椅子上等着我，也许须发花白，也许皱纹满面，也许会是另外的样子。但阳光下，你会微微地看着我笑，眼睛里载满了我现在已经看得懂并且会有所回应的温柔。

如果我不能等到你

如果我不能等到你。也愿你一生安好。愿你最想要的都拥有，得不到的都释怀。

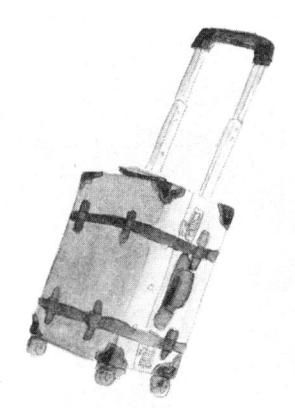

1

梁晓湛遇到那幽幽那一年，他已经二十二岁了。

二十二岁的男子，真不算老。只是，那幽幽实在太年轻了，年轻到还是一个孩子。

梁晓湛警校刚毕业，跟着刑警老刘在实习。有天去抓捕地下赌场，就抓到了在那儿卖饮料的那幽幽。

那幽幽长得十分瘦小，一张小脸上全是倔强，眼睛是细长的凤眼，眸子漆黑，像藏着最深的黑夜。她跑得非常快，小野猫一样窜进了后巷。如果不是那只忽然出现的野狗咬了她的小腿一口，梁晓湛觉得自己是抓不住她的。

回到警局，同事们去审讯其他人了，那幽幽就交给了梁晓湛。

"叫什么名字？"看着那幽幽那不足一百六十公分的身高，梁晓湛不禁对她的父母有些生气，好好的女孩子，怎么不仔细保护着？

"那幽幽。"她仿佛怕他听不明白，解释了一次，"那边的那，幽默的幽。那幽幽。我是满族人。"

"年龄？"满族？一百年前可是贵族，如今贵族都混成了孩子得去赌场卖饮料谋生。

"二十。"

"说真话，才能快点儿回家去。"

"十八……十六。十六。"

"父母、姓名、地址？"

"父母早去世了。地址是东五街46号，我姑妈家。不过她现在也被抓了没在家。"

"在哪儿上学？"

"四十二中……"

"今天是周二，不是假期，为什么不上学？"

"因为我要卖饮料呀，真是的，我要是能上学我犯得着去卖饮料吗？叔叔你问完了吗？问完了我还要回去做作业呢！"

梁晓湛记得很清楚，十六岁的瘦瘦小小的那幽幽叫他叔叔的同时也冲他翻了一个白眼，一脸的不耐烦，具备了所有叛逆少女的特点。

梁晓湛的心里咯噔一下，忽然有点儿难过。

2

第二次见到那幽幽，是在本城最繁华的街上。

146

梁晓湛跟女友来逛街，他们交往一年多了，女孩子各方面条件都不错，双方家长都期待他们能够结婚。

那幽幽在发广告单，一沓印得花里胡哨的名片见人就往人家手里塞，一边塞一边还谄媚地笑着。

梁晓湛瞟了一眼，看着那张原本倔强的小脸笑成一朵谄媚的小花儿，梁晓湛心里莫名其妙地燃起了一股无名火。

那幽幽低着头，一张名片就递到了梁晓湛的手里："哥哥，收好哦。"

"啪"的一声，那幽幽的脸偏到了一边，梁晓湛有点儿愣，身旁的女友拿出香水手绢擦了擦刚刚打了那幽幽的手，语气中满满的都是鄙视："这一巴掌一是教训你不要随便叫别人的男友'哥哥'，二是你恶心到我了。"

梁晓湛都不知道，自己的手当时是如何冷漠地松开了女友的手的。只看到那幽幽愣了一下，那双黑白分明的凤目看了梁晓湛和他女友一眼，忽然笑了。

梁晓湛见过她的这种笑容，嘴角上扬，眉目弯着，但眼眸却带着深深的冷。似真正的她与这个世界隔着幽深绵延的冰川山河。

梁晓湛只觉得有一只无形的手，蓦地握了他的心脏一下，闷闷地痛了一下子，呼吸都乱了几分。

梁晓湛从来没有见过像那幽幽这样大胆又难缠的十六岁少女。

她笑嘻嘻地盯着梁晓湛的脸看了好一会儿，说："哟，我认出来了，是警察叔叔呀。糟糕，这位小姐，你如果不想我大声叫警察纵容女友随便虐打未成年人的话，最好考虑给我一点儿经济补偿。"

女友是骄纵千金，哪里肯依，扬起手就要再打，但半空中被梁晓湛拦下了："别闹了。你先回去。"

那幽幽亦不肯依："先别走。你打了我，得给了钱再走。"

"那幽幽，你需要多少钱？我给你。"梁晓湛一字一句，说得很明白。女友的脸瞬间就白了，吼了一声："梁晓湛！"

那幽幽却依旧笑嘻嘻道："你帮她给吗？也好。警察叔叔应该不好意思赖账。一百块钱不嫌少，两百块钱也不嫌多。"

她说着话，瘦得像鸡爪子一样的手伸了出来，手心向上摊在他面前，大冬天的，细细的手指关节上有好几个冻疮，长期干粗活的手掌，茧子很明显。

女友愤怒离开，梁晓湛看都没看她的背影一眼，也没掏钱给那幽幽，只是继续盯着那幽幽那只写满了生活艰辛的小手掌，一字一句地继续说出他好像做了很久的决定。

"我是说,你别出来打工了。你上学需要多少钱?我供你。"

说出这句话后,梁晓湛心里那些自从知道她父母双亡寄居在姑妈家,饱受虐待不得不四处打工养活自己之后,心里一点儿一点儿冒出来的小难过,像浓雾见了清风,慢慢地散了开来。

3

梁晓湛伸手把她手里那包名片扔进了垃圾桶。

随后他带着那幽幽去了四十二中,找到了她的班主任。他掏出自己的证件,很有礼貌又很认真地说:"从此以后我就是那幽幽的监护人,那幽幽以后住校学习,一切生活学习费用都由我来承担,以后有任何问题,请老师及时与我联系。"

之后他带着那幽幽去学校小超市买了寄宿需要的生活用品,他帮她提着棉被送她到了女生宿舍楼下:"好好用功。今天连你之前欠的学杂费花了两千多呢。所有的钱我都会记账。争取快点儿还钱给我。"

车开到拐角的时候,梁晓湛在后视镜里又多看了一眼那个仍抱着大棉被站在原地的瘦小女孩。

他看不清楚她的眼神。

那天之后,他恢复了单身。

分手是女友提出的,她大概只是想闹一闹引起他的重视,没想到他想也没想就答应了,并且干脆利落地把女友送给他的礼物打包还了回去。手表、皮带、围巾、领带夹,全都是奢侈品,他一个小警察整天穿制服上班,也用不着。

父母很是遗憾,但也由了他。毕竟二十二岁,还年轻呢。

梁晓湛却觉得自己老了。与十六岁相比,二十二岁真的太老了。

梁晓湛从那以后,真的成了一个尽职尽责的监护人,每个周末都会去看那幽幽一次,送生活费的同时还问一下功课。

"叔叔,零食也记账吗?"那幽幽有些小贪婪地吃着他带来的零食,过去十年她生活艰难,几乎没有吃零食的机会。

她问得很认真。梁晓湛看一眼她的眼睛,随即移开了目光:"记账。所以你要好好用功。"

她样子似乎变了些,脸上那股倔强却仍在,只是眼眸深处的不安淡了不少,她把长发扎成了马尾,青春的气息都飞扬到了发梢之上。

那幽幽变得越来越好看了。

梁晓湛对那幽幽说得最多的一句话,便是"好好用功"。他很少对她笑,见她的时候一直很严肃。

四十二中学习风气并不是太好,逃学的、惹事的孩子不少。

梁晓湛对自己说,他这样严格是为了让她有一个好的将来,毕竟好学生的人生比起坏学生的人生总要平顺得多。

有次去看那幽幽的时候,那幽幽正在与一个男生说话,不知道说了些什么,两个人都在笑,那笑容青春活泼,灿烂如光,梁晓湛觉得自己的眼都被晃得痛了。

"你要是敢早恋,我就不供上你上大学了。"梁晓湛是这样威胁她的,威胁完又觉得很幼稚,于是又加了句,"你期末要是能考好,以后零食就不记账了。"

还是觉得自己幼稚。

但幸好,那幽幽好似并未察觉,反而很认真地回答他:"我会努力的。"

认真的女孩儿特别可爱。

4

梁晓湛考入了特警队,他心里也是有点儿得意的,周末去看那幽幽的时候,告诉她接下来的一两年他要参加特训,不一定有时间来看她,让她自己好好用功。

"叔叔,你可以呀!特警队,得很厉害才能考进去吧?"那幽幽的成绩一直在进步,个儿也长高了些,说话做事都很稳重,像个小大人。

梁晓湛心里有幸福的欣喜。他感觉就像自己养了一个乖女儿一样。

他主动忽略了自己从未做过父亲这件事。

去特训之前,梁晓湛给了那幽幽一张银行卡,并且穿着制服去了一趟那幽幽的舅舅家。

那时候那幽幽从姑妈家搬到了舅舅家,舅妈的脸色并不比姑父好多少,那幽幽轻松地说,只是假期在舅舅家住而已,倒还容易忍受。

只是梁晓湛心里觉得不能忍。

当着那幽幽的面,他只说了些客套话。背着那幽幽,他对那幽幽的舅舅说,他的父亲,是那幽幽舅舅领导的领导。

那幽幽的舅舅是个小公务员,他那样的人,很有眼力见儿。那幽幽再次进屋的时候,她舅舅对她说话,都有点儿谄媚了。

梁晓湛明白她舅舅那眼神的意味,觉得外甥女小小年纪就攀上高枝了。

梁晓湛心里有点儿生气,但他又找了理由宽慰自己,他只是想确保自己不在的时候，那幽幽能够心无旁骛地用功读书罢了。至于别人怎么想，就由他们去吧。

那幽幽从银行卡里取钱的时候，梁晓湛的手机会有短信提醒。除了学费，那幽幽一周只取一百块钱。梁晓湛每周会给她老师打一个电话，问一问她的情况。但一个月才会给那幽幽打一个电话，也没多说其他，只让她好好用功。

但实际上梁晓湛想说的是：一百块钱一周能吃什么饭呀，别省着，随便花吧。

话在喉咙转了许久，到底没说出来。

那幽幽偶尔会在电话里问他训练辛苦不辛苦之类的，她沉稳正经的样子，让梁晓湛都有点儿怀念那个大街上伸出手掌向他要钱的小痞子女孩。

十八个月后，梁晓湛结束了特训去看那幽幽的时候，车开到了学校门口，他心里竟然有些怯意。向门卫出示证件的时候，他的手心都渗了薄薄的一层汗。

"哥！"

梁晓湛等在自习室的楼下，紧张得都想点一支烟来抽。听到她的声音转头望过去的时候，恍惚间竟觉得跑过来的不是一个少女，而是一只有可能会随时迎风飘远的蝴蝶。

那幽幽又长高了，过了他的肩膀了，穿着宽大的校服，一张脸因为洋溢着青春烂漫的笑容而熠熠生辉。

梁晓湛微微地皱起了浓眉，那种觉得自己早已苍老的感觉又像不死的虫子一样爬上了心头。

"你看起来不开心。训练不顺利吗？"十八岁少女的眼神沉静而聪慧，像一汪可以溺死人的深潭，让梁晓湛不敢细看，只能板起脸问她的功课如何。

梁晓湛二十四年来第一次感到自己逊毙了。

5

那幽幽高考的前两天，特警队接到了星级任务：务必要保证高考的绝对安全，整个警队全部便衣出动，混在家长堆里、监考老师里，还有考场保安里全力侦查、随时待命。

高考当天清晨，梁晓湛开着车去接那幽幽考场。

"别紧张，我只是刚巧休假，顺便送你去考试。这也是监护人应该做的事情。"他看出那幽幽有点儿紧张。

"嗯。"那幽幽还是紧张。那时候，梁晓湛还以为是自己给了她太大的压力，一路上一直在安慰她。

那幽幽却说，高考后想向他坦白一件事，问他能不能不生气。

梁晓湛满口答应，决不会生气。

那天考生们考完了最后一科，正成群结队地往外走，梁晓湛看到人群里的那幽幽，她个子瘦高，有点儿鹤立鸡群。

不知道为什么，他总能第一时间在人群中发现她。

这时，马路上忽然有一辆小货车的司机不知道怎么回事，整个人趴在方向盘上，踩着油门就冲向了人群，正是那幽幽的位置。

梁晓湛的心跳都要停了，他迅速做出了最及时也最准确的反应，他扑过去，在尽可能地挡在那幽幽面前的情况下把那幽幽推离了危险。

货车上的一块废铁条狠狠地刺破了梁晓湛的脊背，伤口很深，都卡进了肩胛骨里。直到此刻，他心里只想着，不能让她有事。

"哥！"

他听到了她的惊叫，看到她扑过来的时候，他下意识地吼出来："别过来。这儿有危险！"

那是梁晓湛第一次确认那幽幽不知何时已经攻击了他全部的心神。

医生在处理伤口的时候，梁晓湛阴沉着一张脸，眼神暗得可怕。

那样深的伤口，拔掉那块铁条的时候，医生都深锁了眉头，但梁晓湛硬是没吭一声。

因为那幽幽在哭。

更因为有个男孩陪在她身边，还轻拍着她的肩膀细声安慰。

那是梁晓湛第一次看到那幽幽哭。

他见过倔强的那幽幽，调皮的那幽幽，痞气的那幽幽，活泼的那幽幽，沉静的那幽幽，努力、认真、向上的那幽幽，就是没有见过哭泣的那幽幽。

她是被自己的伤吓哭的。

不是心里应该有宽慰、有感动、有一点点幸福感才对吗？

为何，只剩下了妒忌与难过，像烈火一般焚烧掉了他心里那片不知道什么时候为她长出来的葱郁无比的爱的草原。

他所有的力气都用来忍耐内心的疼痛，伤口的疼已经变得无关紧要了。

那幽幽，他是谁？

他很想阴沉地问出口。他有资格问不是吗？毕竟，他一直以她的监护人自居，而她也默认了这一点。他应该问,她也应该回答。

但他忽然害怕起来,害怕她亲口承认说:他是我喜欢的人。

他忽然明白,这几天她为什么紧张了。为什么说高考之后,她要坦白一件事,让他不要生气。

他答应过的,绝不生气。

于是他忽然就失去了所有的勇气,任由心里的疼痛烧着,几乎把一切都烧成了断壁残垣。

6

梁晓湛住院那几天,那幽幽每天都来,带来各种各样奇怪的汤和水果让他吃,陪他聊天,问他知道不知道自己成了英雄。

梁晓湛背部受伤,他趴在床上听她说话,偶尔"嗯"一声作为回应。

每一天他都盼望她出现,但她来了之后,又想让她快走。他觉得自己趴在病床上的样子很狼狈,更觉得从窗户看到那个男孩来接她离开的时候实在难以忍受。

伤口好了之后,梁晓湛花了一些心思,去调查那个男孩。男孩还算优秀,考上了本城一所还不错的大学。

不知他与那幽幽有什么样的故事,只知道那幽幽大概是为了能与他同一座城市读大学,放弃了另一座城市的一本大学,选择了本城的一所二本大学。

那幽幽快开学的时候,梁晓湛才把心里的难受劲儿稍稍地压了下去,和那幽幽谈了关于那个男孩的事情。

"喜欢他什么?"梁晓湛问得很认真,他是真的想知道。

"我没有……"那幽幽不肯承认。梁晓湛明白,他一直反对她早恋,她怎么敢承认?自从他供她上学之后,她回答他的任何问题都又恭敬又认真,就像对待最重要的长辈那般。

"不去上一本大学是个错误的决定,知道吗?"

"知道。不过我会努力的,会很快还你的钱。"

"上了大学也要好好用功。"

"我会用功的。"

真是个笨姑娘。我不需要你还我的钱,只想你好好的,学业人生都顺遂,不会受到任何伤害。

梁晓湛一想到这些话有可能永远都没有机会说出口,心里难受得都想吐一口血。

7

后来有整整两年，梁晓湛强忍着，一次也没去看过那幽幽。

只是每个月按时往她的银行卡里打钱。到了打钱那一天，再忙也不会忘记。

那幽幽倒是经常给他打电话，说在打工；说在准备考研；说让他不用每月打那么多钱给她；说让他出任务的时候好好保护自己；偶尔还会说一句：哥哥，你是不是应该谈恋爱结婚了？

梁晓湛大多数时候只在听。他在那幽幽面前，一直是那个少年老成、严肃寡言的模样，话少到无趣。

幸好，那幽幽似乎并不嫌弃他的古板老气，只是她自己在电话那边说，也能叽叽喳喳地说上十几分钟。

每次挂掉那幽幽的电话的时候，已经因为出色的能力成了队长的梁晓湛那浸了刀锋利刃般的脸色都会有所缓和。

底下的队员们都悄悄地猜，电话那头的人，一定是梁队长的命门。

那幽幽与那个男孩分手之前的那几通电话，梁晓湛敏锐地听出了那幽幽的不对劲儿。

两年来他第一次休了假，开车直奔那个男孩的学校。在那个男孩和别的女生约会的时候，一脸杀气地走了过去，把那个男孩的腿都吓软了。

梁晓湛威胁男孩别惹那幽幽伤心，不然饶不了他。

没几天，那幽幽忽然出现了。

底下那帮小队员们一个个双眼冒光地看着已然出落得清丽出尘的那幽幽，既忌惮又放肆地起哄："梁队！是你的电话女友不？"

梁晓湛倒是想回答"是"，只可惜他知道不是。

"我没有和他恋爱。

"你以后不用担心我了。考研成绩出来了，我考上了。

"不要再往卡里打钱了，我可以打工赚钱了。"

那幽幽的心情好像不错。梁晓湛仔细地观察她的神情，确实不像失恋的样子。

她一直是个坚强的女孩子，这一点，梁晓湛不知道是应该欣慰还是觉得有些遗憾。她太坚强了，他想让她依靠，却渐渐没了机会。

那天梁晓湛依然寡言少语，他只说了两句话。

"别去打工了，专心学业。"

"研究生读完想考博士就考,想出国也可以去。"

那幽幽离开后,梁晓湛为自己的第二句话后悔了半天。骂自己:梁晓湛你这张贱嘴,万一她真的想出国再也不回来,看你怎么办!

还能怎么办?

那幽幽倒真听了他的话没再出去打工,而且似乎更用功了,之后她又考上了北大的博士,去了北京读书。

梁晓湛偶尔出差会顺便去看她,看到她与几个外国留学生在聊天,讲的是英文,语速很快,那些专业的名词,梁晓湛一个也没听懂。

"哥哥!你再不来看我,我就谈恋爱去了!"那幽幽还是叫他哥哥,但她有些不一样了,敢放肆地不管他脸色如何都没大没小地跟他开玩笑了。

梁晓湛觉得自己应该说:你长大了,可以谈恋爱了。到底没舍得说出口,只轻轻"嗯"了一声。那幽幽便看着他笑。

8

那幽幽27岁那年博士毕业,非要请梁晓湛去吃一顿饭。

席间那幽幽把银行卡和一个厚厚的账本给了梁晓湛,说:"我知道哥哥整天说要我还钱其实是没真心想让我还,不过我现在有能力了还是想还你。银行卡里是钱,笔记本是账本,叔叔可以用这些钱作为老婆本哦。"

梁晓湛严肃地开了个玩笑:"我看起来已经老得需要你这些钱做老婆本才能结婚了吗?"

那幽幽笑得像一朵花儿:"你本来就是三十三岁的光棍儿呀。"

那幽幽还是要出国了。小姑娘争气得很,自己考了托福,拿奖学金,这一走,就真的远了。

梁晓湛觉得自己应该欣慰,但是又难过得不行。

就像你呵护了一只赢弱的小雏鸟,她慢慢地长大,慢慢地羽翼丰满,慢慢地长成了天鹅飞向天际,虽然偶尔会盘旋回望,但他始终知道,她有她的世界,并不属于自己。

所有人都问梁晓湛为何不结婚,那幽幽也问过。梁晓湛的答案都是职业危险,难以遇到合适的。

但事实上,他所有的力气都用来喜欢那幽幽了,哪里还有力气去喜欢别人?

9

那幽幽是在出国前一天发病的。一个月以前,她在路边喂流浪狗的时候,不小心被一只破狗盆划伤了手,她当时并没有在意,只做了简单处理。

谁也没想到,那成了与梁晓湛永诀的隐患。

那天梁晓湛要送她去机场,一大早就到了,可他敲了很久的门,她才来开门,开了门人就倒在了梁晓湛面前。

不好的预感强烈地占据了他所有的心神,他抱起她,几乎是一路狂奔到医院的。

但那幽幽到医院的时候,已经开始出现呼吸困难与缺氧,诊断结果出来的时候,梁晓湛全身僵硬,医生轻轻地拍了一下他的肩膀以示安慰时,他竟被那点儿力气轻易就拍倒在了地上。

是狂犬病。发病后死亡率百分之一百的病。

接下来的三天,梁晓湛每一秒钟都如同活在最残酷的地狱里。呼吸困难与缺氧,疼痛性痉挛与狂躁折磨着那幽幽,也折磨着清醒的梁晓湛。

看着那幽幽在反复的痛苦中最终永远地安静下去的过程中,梁晓湛愤怒过、挣扎过,甚至不管不顾地痛哭过。

但一切无济于事。

那幽幽永远停止了呼吸时,梁晓湛的世界好像也永远地静止了。那三天里,梁晓湛把他一辈子的眼泪都流光了,所以在后来处理那幽幽的后事的时候,他安静得可怕。他按她最后清醒时所说的,将她的骨灰撒入了海里,从此再无人生约束,灵魂自由漂流。

很长一段时间里,梁晓湛心里只有一个念头:第一次见那幽幽的那次,她被疯狗咬过都没事,怎么可能因为一个伤口就死呢?不可能。

但是,那幽幽呢?

梁晓湛无数次去那幽幽的房间敲门,无数次被证实了绝望。他开始责怪自己没有保护好那幽幽,任由悔恨侵占了他的全身心。

10

那幽幽那本账本,是梁晓湛因为心情抑郁无法再胜任特警工作而转做文职搬家时,才忽然想起的,他都没有看过她在账本里到底记了些什么。

确实是个账本。

但每一个日期与数字的后面,都写了一两句话。

今天像梦一样,感觉上帝可能真的派天使来拯救我了。

你好帅气，只是也很严肃。

喜欢一个人是什么感觉呢？大概就是，听到别人谈论起爱情，我就想起了你。

我要多努力，才能变成配得上你的人？

你竟然成了特警，你怎么可以这样优秀得令人却步？

一年多不见，你依然这样好看，依然这样严肃。

依然这样，时间愈长，令我念你愈切。

喂，晓湛哥，我成年了。我喜欢你这句话，因为你受伤，我没敢说出口。忽然也害怕说出口后，我们从此便再不能像朋友、像亲人一样相处。如果说出来会失去你，不如永远不说。

偶然遇见那个高中时曾经追我的男生，他说，你曾去恐吓他，让他不要辜负我。喂，哥哥，我可以以为你在喜欢我吗？

梁晓湛，只要你单身，我就可以等。我总说你老的时候，你伤心了吗？抱歉。我也不想嘲弄你老，但是，又总害怕你这样优秀，会被别人抢了去。

喂，你让我考博士，我考了；你让我出国，我也准备出国了，你什么时候让我做你女朋友呢？

梁晓湛，我一直在等你，别让我等太久。

账本里的话，一句一句，每一句都让梁晓湛心如刀割，看到最后那句，他张开嘴大口大口地呼吸，伸手捂着心脏的位置痛得从椅子上滑落到地板上。

11

梁晓湛在38岁那年，和一个温柔和善的女子结了婚。

39岁那年做了一个女孩的父亲。他为女儿取名叫小优，惜若世间绝无仅有的珍宝。

他再也没有向任何人提起过那幽幽这个名字、这个人。

他只是在每年春天的时候，去郊外墓园里祭祀一位故友。那墓碑没有名字，也没有照片，他也不告诉任何人墓碑里的人曾经是谁。

直到他百年之后，女儿按照他的遗愿将他的骨灰埋进了那墓碑下，才发现墓碑里除了一个封存完好的笔记本，什么也没有。

笔记本里好像是账本，又好像是一个女孩暗恋一个人的日记本。

最后一页，写着这样一句话：

如果我不能等到你，也愿你一生安好。愿你最想要的都拥有，得不到的都释怀。

最终我们
还是走散了

金希岩,岁月是场有去无回的旅行,我走着走着,就老了。你却在我的心里容颜依旧,从此长生不老。

1

我觉得自己最大的特点就是穷。

穷得在第一次见到你的时候,旁边的女孩们花枝招展,而我只穿着那套灰不灰紫不紫的校服。

那时候的你,好看得无法不让人心动,虽然你只是随意穿着一件米白的衬衣与卡其色的裤子。那天你的笑容很淡,神情很疏离,但不管是什么,都无法阻止你是一个发光体的事实。

后来很漫长的时光里,我钟爱这两种颜色的衣物,钟爱到不由自主,钟爱到某天我打开衣柜时,会因为里面单一而整齐的颜色吓自己一跳,然后,深深地陷入轻易不敢碰触的思绪里。

"这是林溪语,她的英语说得很好。"英文老师很兴奋地向你介绍我,她在策划一个英语舞台剧,把高一所有英语说得好的学生全叫来了。

那是一个周末,其他同学都穿着自己的衣服,只有我,因为过于窘迫而穿着校服。

老师说我英语好的时候,二班的段苏很不以为然地哼了一声。那一声像枚隐形的小钉子,一下就钉进了我的心里,没见伤口,却隐隐作痛。

最终由你和段苏演男女主角,因为我私下去找老师说,我周末无法全天参加排练。

从学校出来后,我终于觉得轻松了些。

终于不用面对你,感受那种自卑得不能呼吸的痛了。

金希岩,其实,很多事情从一开始我就料到了结局,之后,我所有努力的折腾,都只不过是为了拖延散场的时间。

2

舞台剧的演出很成功。你在台上的表现简直俘获了全校女生的心,但是,听说你和段苏因戏生情,好像有点儿什么。

听说这件事的时候,我正在背单词,我马上就要把词典里字母A的单词全背完了。我从很久以前就知道,越是穷,便越要刻苦。可听完那两个女生的闲聊后,剩下的二十个单词,我无论如何也背不下来了。我在学校里努力了半天,回家帮妈妈收拾东西的时候又努力了半晚,最后在零点到来的时候,我终于绝望地哭了。不敢哭得太大声,怕被妈妈听到,我咬着一个本子,眼泪大颗大颗地滴落在小小的书桌上,很快就湿了一大片。

我不知道自己为何哭得那样伤心,是因为背不下来单词,还是因为已经和别的女孩的名字连在一起的你。

最终我们还是走散了

第二天我的声音哑了,是那种低沉的沙哑。早上刚巧有年级公开课,三个班一起在大教室里上,我被老师叫起来背诵课文。

我听见自己的声音在安静的教室中响起,像钝刀走在木板上一般,羞愤覆盖了我,我恨不得化作尘埃被一阵风吹散。

有一个清朗的男声忽然响起,和着我沙哑低沉的声音,和我一起背诵那篇写得很美的英语课文。

金希岩,我从来没有听过有谁用那样好听的声音读英文,像清溪穿过密林,像飞鸟跃过蓝天,像马蹄奔过草原,像爱,经过心房。

沐在清晨阳光里的少年眉目清俊,他一句一句地背着英文,完全跟着我的语速。背完最后一句坐下时,我已不知道到底是你拯救了我,还是有什么东西,把我拉往了一个更深的地方。

那个地方,叫作真的喜欢上了一个人。

我最为得意的,便是我的成绩特别好,好到几乎可以一直保持年级第一。为此我付出了很多努力,我用几乎所有的时间来做与功课有关的事情,除了读书,我没有任何爱好,也不需要任何爱好。就算有任何爱好,妈妈也不可能有那样的能力支撑我的爱好。所以,我很明白现实与梦想的距离。

我的妈妈在街上支了一个摊子卖鱼丸,收入勉强够我们母女生活。

我羞于向人提起自己的贫穷,但是不得不面对它。妈妈身体不好,周末在做完作业后,我也会去帮一帮她。

"你的两份鱼丸,一共六块。谢谢。"我负责收钱,妈妈负责做。我在心里祈祷着,千万千万不要遇见同学。

但还是遇到了。

"你吃路边摊吗?听说这里的鱼丸很好吃。我们尝尝怎么样?"

我惊惶地望过去,清俊的白衣少年站在这杂乱无章的老街上,似花朵误落污泥,似天使路过地狱。

"好。"他说。声音似来自天外,恍惚中,我想,如果这是一个梦就好了。

"你好,我们要两份鱼丸。咦,林溪语!是你呀。"段苏表现出的意外不知真假,我却陷入尴尬,几乎用了全身的力气,才勉强装作无事的样子回答:"你好,两份鱼丸一共六块。谢谢。"

我觉得自己的声音似刚从石缝里压出来一般,冰冷而生硬地掩饰着自己的窘迫与尴尬。

第二天，那么巧，与你在教室楼的香樟树下遇见。

"鱼丸很好吃。"你说。声线动听，而我低着头，不敢看你的表情。

"谢谢。再见。"

金希岩，你知不知道我是用了多大的勇气才能够镇定自若地从你身边走过？

3

"为什么不去参加演讲赛？"

高二，你站在楼梯口，伸出修长的手臂，拦住我。

深秋的阳光轻轻地洒在你的手背上，让你修长白皙的手指带着一种诱惑的质感，如果可以，我能握一握你的手吗？

"因为我不想去。"我知道不可以握你的手。其实我不参加的理由是我没有可以让我得体地站在演讲台上的衣服。

后来听说你在演讲赛中获得了第一名，段苏和几个女生在走廊上讨论你当时的风采。我坐在教室里，保持着我以往的姿势在奋力做题。

金希岩，我是这样想的。如果，我只是说如果，如果有一天我终于不在面对你时感到窘迫至极，那么，我是不是就有了喜欢你的资格？

是的，我好笨。我觉得喜欢一个人的资格需要很多条件去衬。

还是那棵香樟树下，初冬已至，它仍一树深绿，衬得树下少年脸上的笑都似发着明亮得让人不敢直视的光。

"林溪语，如果你去参加演讲赛，我大概就拿不了奖。"

"哦。"

"你是怎么把英文说得那么地道的，你的外教老师能介绍给我认识吗？"

"我没有外教老师。"我转身离开，急匆匆，神色冷漠如避蛇蝎，难道我要回答你我请不起外教老师，所以只能一遍又一遍地听英文广播吗？

嗨，金希岩，如果硬要说我有多喜欢你，我只能说我想你的时候，甚至可以忘记呼吸。但同时，我的自尊也在每时每刻被自卑啃噬。

4

"听说了吗？金希岩要去留学了。"

是的，听说了。听说你拿到了六所常青藤大学的入学邀请。

真了不起。

和我一样，你也才高三。虽然我总是拿第一，但听说你有特别出众的特长，所以获得了他们的青睐。

如若从前我只是仰望你，或许从此之后，我再努力仰望，也已无法望及你的影子。

盛夏的香樟树，细碎的果实坠满了枝头，沉甸甸地压着我的心。

"嗨。"

"嗨。"

"你觉得普林斯顿大学怎么样？其实宾夕法尼亚也不错，我喜欢费城。"

金希岩，你看起来真的很高兴，可是金希岩，你是不是忘记了，我们不是朋友，甚至不是同班同学，我们只不过是刚巧认识的人。

"康奈尔怎么样？他们的酒店管理好像很有名。"不同于我的无言，你仍然很兴奋。换成任何一个十八岁的男生得到了六所常春藤大学的邀请，都会很高兴的。

"康奈尔吗？我只知道胡适在那儿就读过。"良久，我终于在脑海中搜索到了能与你对话的资讯，心里暗暗地下着决心：林溪语，你需要更努力更努力，你看他是如此优秀。

"好。康奈尔，就它了。"你愉快地拍板定下了自己的未来，然后你问我："林溪语，你也有出国的打算吧？也去康奈尔好吗？"

"哦，我没想那么远。"其实我不是不想，只是，我知道现实让我无能为力。

金希岩，我当时无礼地匆忙转身离开，仅仅是不想让你看见我不可抑制地流下来的眼泪。

康奈尔大学在纽约市附近的小镇绮色佳，那是一个景色优美的地方，只说名字，便能令人心生向往。更何况，你在那里。

但是，一张从北京到纽约的机票很贵。如果妈妈卖一碗鱼丸能赚一块钱，她需要卖掉将近两万碗鱼丸才能帮我买一张机票。那还是在即使我能申请到那所大学的入学资格，并且得到全额奖学金的情况下。

没有人比我更明白，梦想要去的地方和现实的距离。

所以，我安安稳稳地继续做着永远做不完的功课，拿着我一直是第一名的成绩。

你走之后，段苏折腾了好长一段时间，有一段时间很努力，说要去美国找你。有一段时间说要转学去能直接留学的私立高中，有一段时间和一个追求她的男生在一起，说最好的忘记方式就是喜欢另外一个人。

可是，金希岩，你走之后，我总能在人群中看到某一个人，他有你的身高，你的背影，你的发，你的眼，却都不是你的脸。

遇见你之后，真的很难发现其他人的好，因为我已经在你身上看到了最好。

有天，段苏在那棵香樟树下截住我："喂，林溪语，你这么努力做什么？金希岩又不在！"

我心惊胆战地瞪着她半晌说不出话，难道我对你的心意，已经尽人皆知了吗？我没有回答她，只是转过身逃跑。

有好长一段时间里，段苏仍对我恶意嘲弄。我并不介意，我只是想，幸好你不在，幸好你不知。

我仍在默默努力。

是这样的，金希岩，我更加努力，我想去小镇绮色佳，但如果我真的不能去，那么，我去了北京，是不是也会离你近一点儿？那怕是一点点。

金希岩，你是我的鬼迷心窍，只有我自己知道。

5

高考后的整个暑假，被晒得黝黑的我都举着一块广告牌和其他同伴在太阳底下走路，引得行人纷纷侧目。但此时我已不再害怕遇见同学。除了你，我不害怕任何人知道我的窘迫。

我考上了很好的大学，我在自己赚路费、生活费，这没什么好丢脸的。

大二的时候，悄悄地，从某个同学又通过某个校友，我在网络上走了千万条弯路，最后是段苏出现，告诉了我你的脸书网址。

段苏说："喂，林溪语，你承认你也喜欢金希岩不？承认我就把他的脸书网址发给你。"

我在电脑这边静默了许久，直到图书馆关门，网络断掉，都没敢回答段苏的话。我有深深的自卑，在敢爱敢恨、敢说敢笑的段苏面前。

一周之后我再上网，发现了段苏的留言，是你的脸书网址。

我心里的失落感很深，你与段苏，从来比与我近许多。你们一起逛街，一起参加演出与比赛。她不但早知道你的脸书网址，甚至明目张胆地在上面留言说：喂，金希岩你什么时候才能喜欢我？

她真勇敢。

不似我，只敢在地球的某个角落里，悄悄地用一个封皮幽蓝的笔记本，一条一条地把你脸书上那些属于你的记忆一个字一个字地抄下来，稳稳地记在心里。

有一条，令我十分震撼。2010年的夏天，你发了一张似站在街对面拍的照片，照片里有一队穿着红色T恤的女孩，举着标题夸张的广告牌走在烈日下。

你为照片配了一句话：猜一猜哪个是她？

我盯着那张照片看了好久，才发现站在队尾那个眉目倔强的高瘦女孩是自己。

底下有十几条评论，大概都是你的同学或者朋友，他们有的嘲弄你的品位，有的惊讶于这样打广告的方式，有的问到底她是哪一个。有的问，谁是那个常留言给你的段苏。

你没有回复那些评论，所以我也不知道，哪一个是你所说的那个她。

会是我吗？

不会。如果是我，谁又会拍了那样的照片传给你。

我仍然很努力，努力学习，也努力打工。学校每一个学期都有与名校交换学生的名额。如果你早已走远我再也不能跟上，我也希望我能多看一些地方。那会让我觉得，我离你不是那么遥远。

我日日夜夜地祈祷。如果我也能去美国，就好了。

6

我去的却是日本。

刚到日本的时候，我不愿意说日语。尽管我的辅修外语就是它。我用从美语广播里学过的美式英语与人沟通，当有人问我是不是来自美国的时候，也从不否认。

我很蠢地觉得那样做，好像就能离你近一点儿。

有一天，我发现你在脸书上更新了一张带有坐标的风景照片，我用坐标计算了一下，那里大约是东京某个地方的地球对面。

那天，我穿了一条浅蓝色的裙子，配一件白色的衬衣，我对着镜子里那个终于有点儿样子的少女露出了一个鼓励的微笑，是的，我不再那么自卑。

我第一次坐了日本最著名的轻轨列车，穿过北海道，路过富士山，远离了日本春天的樱花海洋，用赶赴一场最美好的约会的心情，去到了那个脚下直线穿过地球就是你拍的那张照片所在的地方。

金希岩，那儿有点儿荒凉，但山风微暖，初春的稻田里有蛙声阵阵。我闭上眼睛，想象着我的脚下，穿过了草地，越过了泥土，透过了岩层，隔过了地球最深处炽热的岩浆的对面，你正站在阳光下微笑。

金希岩，我想问问你，我们可以做朋友吗？

我站在那个地方，默默地在心里问了你三次。

金希岩，那天晚上，我梦到了十七岁的你，年轻又有朝气，我居然很熟络地上前去拥抱了你一下。醒来后，我唏嘘到天明，因为也只有在梦里，我才敢那么做。

山下最早发现了我在偷偷看你的脸书。我没有自己的电脑，所以只能在图书馆里用，他注意到了我，也注意到了我浏览的网页。

"你也喜欢那个神童吗？他也是段苏喜欢的人。"山下这样对我说，他细长的眼睛看着我，目光清亮而又幽深，他的语气很淡，带着遗憾。

我关掉网页，带着秘密被揭穿的慌张。

山下是段苏的朋友。不得不说，段苏的朋友真的很多，在北京读大学时，身边有她的朋友。到了东京，身边仍有她的朋友。

"你是他的女朋友吗？如果不是，我有机会吗？"山下问得很直接，我瞬间愣住，他问我的话，我好像在心里，问过你无数次。

我摇头。他不知道我是在回答我不是你的女朋友，还是在回答他没有机会。他没有再追问，只是问能不能坐在我旁边看书。

春末，山下在樱花树下拦住我。"林溪语，一起吃饭好吗？""不。谢谢。"

盛夏我打工归来，山下在路口等我。"林溪语，一起走好吗？""不。谢谢。"

秋天枫叶正红时，山下要送我一包枫糖。"林溪语，允许我喜欢你好吗？""不。谢谢。"

冬天东京下第一场雪的时候，山下对我说话的时候，带着无奈与失落。"林溪语，我帮你表白好吗？""不。谢谢。"

如果我的心里没有你，山下也许会成为我的朋友。

但是，我每天早晨醒来会忘记昨夜是怎样的梦境，唯一能确定的是，梦里一定有你的身影。

这一生，我怎舍得心里没有你。

7

帮我表白的话，我以为山下只是说说，断没想到，他会到你的脸书上留了言，而且那么直接地问："喂，神童，你知道我的女神林溪语在喜欢你吗？"

我看着网页上那条将我十几年的内心赤裸裸地展示在所有人面前的留言，除了呆滞，我不知道应该用什么来掩饰我羞愤欲死的心。

这就好比，你小心翼翼地珍藏了多年视为珍宝的东西，忽然被某个人随意甩了出去说:"喂,快来看这破烂玩意儿是什么。"

我悲愤得把嘴唇都咬破了。伤口有些深,瞬间血流如注。关掉那个网页,从此之后,再没有打开的勇气。

你出现的那天,我嘴上的伤口还没有好,有点儿发炎,肿得很难看。

你站在图书馆楼下第三棵樱花树下,那满树粉色的繁华不及你风采的三分。我以为是梦,是因为我太想念你,所以又见到了与你相似的人。我看了你一眼,又一眼。然后低下头,笑话自己痴。

我低头从你身边走过,就像从一个有你的梦里走过一般,有过无数个想强硬停下来抓住你的手的冲动,但我也有过无数次抓住的只是空气的经历。

我紧紧抱住书本,轻轻地在心里原谅自己的失落。

"喂,林溪语,有人在我脸书上留言说你喜欢我,难道只是开玩笑吗?"

我惊惶回头,怀里的书哗啦啦落了一地,扬起了轻如浮梦的樱花瓣。我看见你唇角的笑意,还带着穿越了太平洋的疲惫。

我用力咬了咬嘴唇,却被未好的伤口痛得一声惊叫。

你清朗的笑声,似朗月跃出云层,似朝阳温暖大地,似含了一冬的花蕾瞬间盛放。

嗨,金希岩,有没有人告诉过你,你如此迷人得令人伤心?

我当时用手捂住被自己再次咬破的嘴唇,不知道是想掩饰自己的伤口,还是害怕在你面前失态。我好久好久,都没能说出话来。我在心里一次又一次地感谢诸神赐给我这样站在你面前的幸运。

"是吗?那个人说,林溪语喜欢我的事,是玩笑吗?"

你再次问起这句话时,医务室的医生正在替我处理嘴唇上的伤口。你与我并排而坐,问这句话的时候,并没有看我的眼睛。我觉得此刻的自己好丑,却又想知道你飞越重洋而来,是否仅仅是为了我的答案。

你说林溪语,你没说你。

然后我听到自己因为正处理伤口而含混不清的声音在说:"是的。林溪语,她喜欢了你很多年。"

我像你一样假装在说别人的事。假装如果你是开玩笑,我也能轻松应对。

"太好了。那么,可以借个肩膀让我休息一会儿吗?"

然后,你的头轻轻靠在我的肩膀上。从看到留言那天直到取得我的坐标开始,你订机票、赶飞机,一落地就来找我,已经很久没有好好休息了。

伤口处理好,我仍然直直地坐着,不敢移动分毫,我怕我一动,你曾眠于我肩头的这个梦就会瞬间破碎。

半个小时之后,你醒了,我看到你长长的眼睫毛在动,然后张开,清亮的眼神带着笑意,像一个美梦。

金希岩,我清楚地记得每一个我与你之间的细节,不敢忘记也不肯忘记,怕忘记了,自己的人生就会成为一片虚无。

8

从医务室出来,你要直接赶往机场,三天后你要进行博士论文答辩。你说:"唉,早知道这件事是真的,我应该安排好假期再来。"

我那会儿,仍不太分得清楚是梦境还是现实,只是安静地站在你身边,顾不上为自己嘴上伤口的尴尬,也完全不知道应该如何回应你。

等出租车的时候,东京的夕阳缓缓地拉长了我们的影子,他们靠得很近,就像拥抱在一起。

有一阵晚风带着樱花的淡香轻轻拂过,有一朵花瓣经过你的手,再落到我的手上,我下意识地握住它,不想让它似一个残梦般溜走。然后,我感觉到了你的手,带着微凉却恒暖的温度,坚定而又温柔地握着我的手。

金希岩,我们一路都没怎么说话。你是因为刚见面就要分开而伤感,我是因为对美梦成真的难以置信。

到机场的时候,你先下车,然后回头把手伸给我,你说:"林溪语,今天之后,我觉得我的人生完美极了。忽然有些害怕上天会妒忌我呢。"

金希岩,如果那时候我知道上天真的会妒忌你,我一定不让你说那句话。又或者,我应该清醒一点儿,理智一点儿,即使只是三个小时,也足够我对你说很多话,足够我告诉你这些年来你在我心里的位置。

金希岩,你遗憾吗?

我好遗憾,我那么笨,什么都没来得及对你说,甚至没能把梦里的很多次拥抱付诸成真。我只会在你说以后如果我不能来找你,你可以来找我吗的时候,眼泪汹涌地一直点头。

是的。

金希岩,我会。

往后的人生里,如果你不能来找我,我一定会去找你。因为有这般美好的你,以后的岁月,再多风景,不过尔尔。

9

你打来第一个电话,我吓得跳起来撞在床柱上,头上那个包肿了好几天,但每一天我都笑得傻兮兮。

我们第一次视频,我把头发放下又绾起,绾起又放下,换了三件衣服,才敢坐在电脑前。你的房间里,除了电脑就是书,有一个足球和一个橄榄球。你说橄榄球打法很野蛮,但如果我想看你的英雄气概的话,你会打给我看。

你说:"嗨,林溪语,你知道吗?高中时我们见面的每一个巧合,都是我用心的结果。"

你说:"我好幸运。我喜欢的人也正好喜欢我。"

我告诉你,有一次你出去玩拍的图片上有坐标,我计算了东半球的对应坐标,就跑到那里去,假装和你在约会。

我说这件事情的时候,你眯着眼睛,好一会儿都不说话,然后你说:"林溪语,你不要动。我现在就去和你约会。"

一个小时后,你打电话给我,你说:"嗨,林溪语,你现在是面向南极吗?如果有一条直线从我们脚下穿过地心,那么现在我们就是并排坐在一起了。"

我们都没有再说话,让感动跟着血液在身体里拼命地奔跑,最后跑到眼睛里,成了热泪。

我们常常用这种方式约会,纽约与东京都在北半球,但地球是圆的,我们假装脚下有一条直线,能穿透地球让我们在一起。

你说,将来在一起的时候,一定要真正一起去每一个"约会"过的地方。我说好。

那时候太快乐了,所以完全不会预料到,这样的约会方式,会带来人生的意外。

2013年的圣诞节,我在北京。我陪导师参加学术会议,顺便回母校和你"约会"。

我计算好坐标,给你发过去。你发过来一个大大的笑脸,说让我等你。

两个小时后,你说:"嗨,这里好荒凉,但我离星星好近,所以觉得也离你很近。"

你说:"林溪语,如果我是超人就好了,在天上飞一会儿就能到你的身边。"

我说让你等我。我很努力,会做得很好,导师正在给我推荐留学。

你开玩笑地说:"林溪语,我等得好心急呀。"

那一天,离你去东京找我那天相隔267天。我们说好一年之后无论如何都要见面。因为知道了自己在对方心里的位置,所以总觉得时间流逝也无所顾忌。

你的声音清朗,整个世界寂静无声,除了你的爱意。

可是，金希岩，我后来无数次地后悔那一次与你"约会"。甚至很后悔很后悔，自己为何把这种突然起意的对应坐标约会方式告诉你。

总是想，如果当初我没有回北京就好了，如果当初没有说要"约会"就好了，如果我没有告诉你我曾经用这样的方式想你，就好了。

你在脸书上更新的最后一张图片，就是那天晚上拍的，是暗蓝的天空上挂满似乎离得很近的繁星。

你说：你就是那颗星，我知道遥不可及，但是因为爱，它看起来离我很近。

我在地球的这一边，看着那张图片心潮澎湃的时候，还不知道你独自开车奔赴在荒凉的公路上，一只受惊的野鹿闯入你的视线，成就了上天对你完美人生的妒忌。

10

抱歉，金希岩，我没有去参加你的葬礼。因为我在与你失联的十多天之后，才辗转从其他人那里打听到了你的消息。当听到那句，"他出了意外，上周举行了葬礼"的时候，我整整吊了十天的心，重重地摔了下去。

直到两年后，我终于到了小镇绮色佳，终于走过了每一个你和我"约会"过的地方，终于走到了你躺的那块草地上，终于伸出手轻轻抚过你的墓志铭的时候，我那颗一直往下坠落的心，仍然没有落到底。

你的墓志铭像枚子弹，完全击碎了我还在下坠的心脏：他太完美，所以上帝把他请去了。

上帝最喜欢的那些天使，他赐予他们一切，财富、美貌、爱以及一切最美好的品质，只是从不肯让他们在人间待得太久。

如果这是一个预言，或者诅咒，那么我可不可以祈求，不要让你那么完美？

只要是你，不是十七岁就同时收到六所常青藤大学的入学邀请的神童也可以。

只要是你，不那么高那么帅气也可以。

只要是你，生活比我与妈妈在街上卖三块钱一碗的鱼丸更穷困也可以。

只要是你，你什么样都可以。

只要是你，只要你还在人间，只要你不能来找我的时候，我能够找到你。

金希岩，我很想念你。

有时候我羡慕那些一沾枕头就能安睡，和那些决心放手后就不再回头的人。比如新交了一个美国女友的山下，还有马上就要嫁人的段苏。

偶尔在网络上遇见，他们会问我：嗨，林溪语，你仍一个人吗？

嗯。我仍一个人。

金希岩，岁月是场有去无回的旅行，我走着走着，就老了。你却在我的心里容颜依旧，从此长生不老。

金希岩，我想念你，在心里在梦里，在所有你在或不在的时光里。

有你不孤单

姬媛，见到爸爸妈妈了吗？请代我说抱歉，我一切安好，愿你们亦然。

1

我们是双胞胎姐妹，但是，从未有人说过我们长得像。

我只比你早了十分钟，却比你重了两斤，刚出来便声音洪亮，连医生都感叹："第一次见到这么健康的双胞胎婴儿呢。"

而你呢，体重只有三斤多点儿，弱得像只小猫咪，根本哭不出声，一出娘胎便被放进了婴儿保育箱。

我于是成了身强力壮的姐姐，姐姐这个词，代表的是：大度、忍让，时时处处要让着晚我十分钟出生羸弱多病的双胞胎妹妹，喝奶要让你先喝，因为我饿一会儿也不会闹。你呢，饿半分钟都能哭得背过气去。洗澡的时候，父母小心翼翼地抱着你，打仗一样趁着水温刚合适，赶紧洗，赶紧擦，赶紧穿衣服免得着凉，我呢，泡在凉水里多一会儿也不会有事。

幸好，这一些，年纪尚小，未记事，所以也不曾有相关回忆，只是在后来姥姥与母亲的一次争执中听到，心小小地凉了一下。

2

从记事起，我便在乡下的姥姥家里了。爸妈很久才来看我一次，童年的我觉得他们与姥姥相比更加陌生，不好亲近。他们每次来看我，都只是爸爸一个人或者妈妈一个人，另一个，要留在城里的家照看时常会感冒发烧出状况的你。

三四岁时，姥姥说，叫"爸爸"或"妈妈"，我便乖巧地叫。他们往往放下东西，问姥姥几句，便匆忙走了。有时候甚至也没来得及抱一抱我。

再大一些，我仍不明白，明明有爸爸妈妈在城里，他们为什么不肯接我走，不肯和我生活在一起？甚至，在好不容易回来看我时，也不抱抱我。

问姥姥，姥姥也愣住了，好半天才讲："大丫，你乖，只要你乖，上学以后年年考第一，就能到城里和爸爸、妈妈、妹妹在一块儿了。"

从那时候开始，我就知道，一定要非常非常努力，做得很好很好，才能得到爱。

于是，我在姥姥做饭时认认真真地帮忙择菜烧火，在吃饭时把馍菜汤每顿都吃得干干净净，到了学校里便坐得笔直听讲，写字的时候也不敢马虎，因为姥姥说："字写好了妈妈才能来接你，可不能到了城里给他们丢脸。"

七岁那年，我终于第一次去了城里的家，姥姥和父母商量我转到城里上小学的事情。

我在懂事之后第一次见到了你，传说中非常虚弱，需要我快快健康地长大去照顾的我的妹妹。

你看起来果然不太好，比我矮很多，像个四五岁的小孩子。可你的皮肤很白，穿着漂亮的裙子像一位小公主，与我这穿着小花旧衣的壮得像根小竹笋的土妞一比，孪生姐妹的相似之处几乎完全消失了。

那天我安静地坐在一旁，看着你漂亮的花裙子，心里还不懂得妒忌，只是觉得羡慕。觉得我还需要再乖一点儿，才能像你一样穿上花裙子，像公主一样受到父母的爱护。

让我没想到的是，才坐了一会儿，你就咳得不行了，妈妈赶紧过去轻轻地拍你的背，为难地对姥姥说："娘，你再帮帮我，现在我照顾一个都顾不过来。"

我只好回乡下继续上小学。我真的很努力，一直都是班长，一直都是第一名，一直都是好学生，勤勉好学，沉稳有礼。我在师长的一片赞颂中等待回家，等待被妈妈像宝贝一样拥抱安慰，等待爸爸把我抱在怀里夸我真乖，等待拉着你的手一起上学，谁敢欺负你我就去揍他。

可我一直等到十二岁，要上中学了，父母却仍没有接我去城里的意思，偶尔抽空来看我一眼就走，叫我要乖，要好好读书，好好听姥姥的话，只是不叫我跟他们回城里。

为什么呀，妈妈？为什么不让我去城里跟你们在一起呀？我不是不想问的，只是没敢问出口，怕问了会得到"我们从没打算把你接回家"的回答。

3

像我这样的小孩子是很容易满足的。

十三岁生日，姥姥带我到市集，给我买了一辆漂亮的自行车："你妈妈说，从村里到镇上的中学需要很久，所以要给你买一辆自行车。"

整个暑假，我望着院子里那辆漂亮的新车，骑着姥爷的破永久自行车在麦场上练习，摔了起来，起来了再摔，人家问我："怎么不骑你的新车呀？"我撇撇嘴，没讲话。

我是这样想的：那是我妈妈给我买的新自行车，我可不能把它摔坏了。

上了中学，我很用功地学习，不敢稍有怠慢，怕成绩一不好，爸爸妈妈知道了，就更不会接我回家了。

城里是什么样的，我不知道，我很少有机会去。只是想，到了城里，就能跟爸爸妈妈在一起了，就能像你一样，当个小公主。

我想，大概不会有谁希望自己多生点儿病吧，但我曾经这样想过，如果我生病了，爸爸妈妈就会多来看看我，抱一抱我，即使不能接我回去和他们一起住。

只是，直到考上高中，连感冒都很少光顾我。

十八岁，我终于回城了，回家了。

虽然不是父母亲自接我来，而是我自己考到了城里最好的那所高中才回来的，可我还是很高兴。

但这高兴只持续了很短的时间，我很快发现，你并不欢迎我回家。你对我说的第一句话是："你要住多少天？"

同样感觉困扰的，还有父母。家里只有两个卧室，父母以你容易感染病菌为由，拒绝让我与你同住。总不能让爸爸妈妈睡客厅，于是，沙发成了我的床。幸好，学校也可以申请住宿。我只有在周末才回家住一晚，可这每隔六天才盼来的一晚，却一次又一次地让我感觉不安与痛。

你仍隔三岔五地生病，一直用中药调理着，父母忙于工作，也忙于照顾你。他们很少有空过问我，不管是成绩还是其他。又或者，从小没有在一起相处，我不知所措的生疏让他们不知道如何与我交流。

我与父母之间的交流仅限于"我回来了""嗯，洗个澡准备吃饭吧。记得换衣服""好"。你体质弱容易生病，妈妈很紧张，慢慢就把洁癖当成了习惯。你坐在沙发上看电视，偶尔和我说话，是这样的："姐，帮我洗个苹果""姐，帮我开个电视"之类。

4

进入高二下学期，我就不怎么回家了。不是不想回，是不敢。

怕自己拘谨地坐在沙发上看着妈妈端着牛奶，爸爸拿着水果进你的房间一起有说有笑地聊天。

怕你和爸爸妈妈高兴地说起小时候的趣事，而其中没有我。

怕爸爸妈妈待你像女儿，待我却像客人一样。

怕偶尔有客人拜访时，对方根本不知道我是家里的成员，知道后惊讶地说："双胞胎吗？不像呀！而且都没有见过姐姐！"

我终于回到了城里，回到了爸爸妈妈身边，但是，我也终于更强烈地感受到了孤单是什么滋味。

高三时，妈妈一周会来学校一次，给我生活费。有时候会犹豫地问："这周要不要回家？"我摇头说："功课忙，不回。"妈妈会不好意思又如释重负地笑，有时候会多给我一点儿钱："读书辛苦，多吃点儿。"

我知道，你们也不怎么希望我回家。

高考，我独自一人去考场，冷着脸，可仍没能阻止自己看了一眼考场外那些神色忧虑的家长们，虽然我知道，我的爸爸妈妈也在其中，但我更知道，他们担忧的，是你，而不是我。

高考成绩终于出来了。我是全省第一，高考状元，成绩出来的第一时间，就收到了好几所名校的邀请，又被记者团团围住。

他们问，这一刻你有什么想说的时候，我说："我想回去看看把我养大，一直很爱我的姥姥。"

我没有提起爸爸妈妈和你，一句也没有。

我知道你考得不好。你脑子没有我聪明，身体不好常请假，爸妈又娇惯不够勤奋，三百多分上个专科都很勉强。

我知道，我对着摄像机说话的时候，就是隔着电视对你们说话。

是的，我很坚强，也很努力地做到最好。是的，我真的做得很好。可是，我真的做不到不渴望、不失望、不嫉妒。

我第一次深深地感受到人生的不公平，竟然来自我的父母与双胞胎妹妹。这怎能不叫我半夜梦醒时扼腕痛楚？

5

你们看到我荣耀满怀时，失落吗？

回到家，我很想很想问这一句。因为姥姥来了，一些亲戚也在，我到底忍住了没有问。

姥姥是领我走路的人，她知道我心里的骄傲与痛苦，她已年迈，我不想在她来为我庆祝我人生中第一次成功时令她为难。

那天，我第一次看到了你漂亮的脸上有了失落的神情。我乖巧地微笑着坐在餐桌边，接受一位又一位亲友的祝福与赞美。谁说亲情不势利？当我去名校易如反掌，当我比你更容易看到成功的希望时，连爸爸妈妈，都对我换上了小心翼翼的讨好的神色。

那天，亲友们走后，你把自己关在房间里哭了很久。我躺在沙发上，听时间像流水一样和着你的哭声从耳边走过，竟睡得莫名地安稳。

我的心狠不狠？狠。否则怎会在得意非凡的这一天里，对高考失利、承受失望而哭泣一夜的双胞妹妹不闻不问？

可你仅仅哭了一天，就好了。

因为你恋爱了。在家楼下，我亲眼看到那个男孩对你说："哭什么？你没有上名牌大学，你有我呀。"你笑着，任他牵起你的手，去看电视。

我鄙视你，成绩那么烂，前途未卜，居然有心思恋爱。我不知道，那些父母给予了爱与安全感的孩子，是否都像你这样：小任性，小自私，受尽了宠爱，也会失落，也会哭泣，但心里不会有很深、很久都好不了的伤口。

你看得很开，受了委屈也不会哭很久，即使哭了一夜，第二天别人给你一点点好，也能满血复活，重新生龙活虎地继续生活。

整个大学，只有我记得父母对我的不公，努力地用做到最好去争取他们的宠爱，冷漠地暗暗妒忌他们对你的好与宠爱。为了做得更好，我大二考研，大四考雅思，但凡假期，不是去培训班上课就是去打工，我考上了麻省理工，用攒的工资付了大部分的学费，还自己订了去美国的机票。而你，在大学里吃喝玩乐，花钱如流水。有次说要和一个富二代约会，要买一条名牌裙子，钱不够，来问我有没有钱借给你。

我施舍一样买下那条裙子给你，你没有丝毫不悦，高高兴兴地接过试穿，美得不行。

6

大四的夏天，姥姥走了。她一走，我更觉得自己可以走得了无牵挂了。直至到了美国，才给家里打电话告知我出国了。

在美国的时候，我个性鲜明，能力强悍，连导师们都禁不住地说一句："中国来的孩子，少有你这样独立的。"

我不当那是赞美。如果我能像你一样得到父母的关注与宠爱，我也想做个娇气受宠的女儿，何必这样死撑着自己独立。

偶尔和父母通电话，因为实在没有什么话好说，都是匆忙说两句就挂。有次妈妈与我视频的时候，正好你也打电话回家，一般只对我说一声"注意身体"的爸爸与你有说有笑，妈妈说，你们已经聊了一个多小时了。

说心里不妒忌、不在意是假的，我们不是双胞胎吗？我们不都是爸爸妈妈的孩子吗？为什么相处方式与态度这样截然不同？

你在专科勉强毕业后去读美发学校，从美发学校出来后又要去学插花、学英文，可又统统不好好学，工作最长做不到三个月，经济上，非但没有帮到爸爸妈妈，还时常要爸爸妈妈接济。

二十五岁,我拿到了博士学位,成绩很好,导师推荐我去剑桥继续修博士后。我自然是想去的。从小到大,似乎只有在读书这件事情上,我没有怎么感受到挫败感,也只有在读好书这件事上,才能吸引父母和亲友的目光。

但,爸爸忽然去世了,肝癌。从发现到去世,不到半年。到最后时刻才通知到我,因为爸爸很想见我最后一面,妈妈让你悄悄给我打个电话。

你在电话里很大声地说我:"出去四五年都不知道回来一次,有本事就可以不顾父母了吗?"

我心里是愤恨不平的,你占尽了父母的宠爱,父母也对我疏离冷漠,这时候你们有什么资格来呵斥我?

犹豫了一天,才买了机票回国。

最后一面,到底没有见上。灵堂上,妈妈脆弱得像一张薄薄的纸,倒是你,手忙脚乱地主持一切。我连亲戚都认不得几个,也不知如何帮忙。

走的时候,你问我能不能留在国内别走了。

我摇头,我不是你。什么都没有的人应该高高远远地独自飞。

7

爸爸走后不到半年,你要结婚了。你没有通知我,是妈妈在电话里说的。问我,有没有钱可以借给你一点儿,因为你要买婚房。妹夫家是乡下的,经济极有限。她问得犹豫,小心翼翼,不同于高中时问"你要不要回家"的是,语气里多了一些我能轻易觉察到的卑微。

我在电话的这一头,终于大发雷霆:"妈妈,别说我没有钱,就算是我有钱,你这样做不觉得过分吗?"

妈妈沉默了好一会儿,才说:"你们都是我们的女儿……"

我没让她把话说完,我说:"你们从小给她锦衣玉食,把我丢在乡下的时候你们把我当成女儿了吗?你们从来没抱过我,没陪伴过我,把我当成女儿了吗?十六岁我靠自己的本事终于回了城,你们却让我睡沙发,你们把我当成女儿了吗?高考前我在学校烧到近四十摄氏度,你们却陪着她看电影、逛街减压时,把我当成女儿了吗?"

妈妈什么也没有说,挂电话前,我听到了她的呜咽。

我到底凑了几万块钱寄了回去。最令我伤心的,是妈妈亲笔给我写了一张借条寄来。

那张借条这样写:今因姬媛买房,向姬婕借款五万。五年内分期偿还。母张依。

我看着那张漂洋过海来伤害我的字条愤怒地哭泣着。

后来想想，我的性格其实与妈妈很像，也自私，也高傲，也冷漠，也无情，也容易脆弱。

我发誓再也不回国。就是回去，也不与你们一起生活，尽量少见面。

有一天你打电话来，情绪很低落。你说："姐，你什么时候能回来？妈妈病了。"

自从借条事件后，我已经很久没有给妈妈打过电话了。她也没有给我打过。我知道她在生我的气，可是，我何尝又没有在生气呢？

我看看日程表，说我十个月内都没有办法回去。因为无所依靠，也因为内心一直缺乏安全感，我一直很努力，把自己弄得很忙。学业、工作上的成功能让我稍稍感到好一些，觉得能向别人证明自己。

你说："可能的话，抽空回来一趟吧。"此后的几周里，每次来电话时，你都说这一句话。我隐约意识到了什么，安排了几天假期，买了回国的机票。

我想我大概真是父母缘薄，妈妈的最后一面倒是见上了，只是，并不愉快。

你与妹夫来接我，你美貌仍在，只是老了些。倒是妹夫对我热情有加："姐姐给我们买了房，又给我们装修，还帮我们办了婚礼，小媛有这样的姐姐真是太好了。"

五万块能做那么多事吗？我皱眉看你，你悄悄地说是妈妈的意思。

医院里，妈妈瘦得只剩下一把骨头，几近油尽灯枯。她见我，也没笑，只说抱歉，因为生病，借我的钱看来是还不上了。

又说："你从小就健康，聪明也有本事，你妹身体不好，成绩也不好。我总怕我们走后别人欺负她，所以给她买房时说是你给买的。你有本事，别人要对她做什么时多少都会顾忌你一些。"

还说："我们那套旧房，我也留给你妹了。但我和你妹说了，你回来的时候，让你住。可你能住多少天呢？你那么厉害，大概也没打算回国。"

最后说："她是你的妹妹，她就是你在这世上唯一的亲人了，你不能不管她。"

那一刻我真恨她。怎么能这样呢？临死前对我说一声：那时候不应该一直把你丢在乡下不行吗？就算真的不爱我，假装说一声我们也很爱你不行吗？就算知道我用不上那房子，看在公平的分上也说分我一份不行吗？

怨恨灌满了我的身心，但我没有哭，人伤心到了极处，是没有眼泪的。

我愤而离开，当天就去了机场。

8

妈妈是当天晚上走的。飞机刚落地就接到了你的电话,你说,走得挺安详的,睡着睡着就去了。

我有着与妈妈一样的冷漠、自私与高傲。我只是想着,父母根本就没有管过我爱过我,一切都是我自己在努力在奋斗,他们甚至临死前,最挂念的人都不是我。这些年,与你相比,我极少得到父母的疼爱。我穿你的旧衣服,用你的旧东西,睡沙发,自己赚学费,赚机票钱。父母的收入,几乎全给你花,就连最后的遗产,也没有我的份。

父母这样做的原因,不过是因为我从小健康、聪明,什么都会自己做好,几近完美。而你呢,身体不好,不够聪明,什么也做不好,是否能好好活下去都让他们担忧。

人同情弱者我知道。可他们是父母呀,我也是他们的孩子呀。

很长一段时间,我都不能想起你,不能想起父母,一想起便心头郁结,愤恨难平。

你给我打电话的次数,却忽然多起来。虽然因为我的冷漠与沉默,大多数时候你都扯不起话题,但你依然打。一周一个,有时候一周两个。偶尔出去回来,室友总会说:"你妹妹刚才给你打电话了。"偶尔,还会看到室友与你在电话里聊得火热。而我的室友与我一样,明明是一个谨慎少言的人。她对你的评价却是乐观,有幽默感,很能理解别人的感受。

果然是距离产生美,你明明自私、冷漠,又小姐脾气公主心,处处要人照顾。

我拒绝接你的电话,室友终于知道我与家人的关系不好,她很惊讶,她说:"为什么?你妹妹很好相处呀!而且父母走了,她也很难过。"

爸爸妈妈相继离去,对我来说,只是郁愤难平,更多伤心的是他们不肯给我爱,而非他们的离去。

你呢?

我没有想过,你是一个从小被公主一样宠爱着的孩子,在两年之内,失去了爸爸又失去了妈妈,对你会是什么样的打击。

9

半年后,妹夫打来电话说,你把妈妈的保险金和家里所有的积蓄都拿去炒股,都亏没了,让我劝劝你,好好找份工作过日子。

上次回去的时候,我就看得出来妹夫是个势利的人,你一直没有工作,只靠他一个人养家,他心里早有不满。

第二天你给我打电话的时候,我在电话里对你劈头大骂,说你没本事还不争气,爸妈死了都要让他们操心，长这么大就没有自己养活过自己，难怪被人嫌弃。

那是我第一次与你起正面冲突，我虽然妒忌你，也看不起你，但我从来都只选择冷漠疏离而非与你争吵。你在电话那头，沉默了好一会儿，才叫了一声"姐"。可叫完姐后，又不说话了。之后匆匆挂了电话，你好像很忙。

三个月后，我与德国男友分手回国。下飞机到了酒店，我才给你打电话，你说有家为什么要住酒店？半个小时后来敲门，进屋就帮我收拾行李让我去退房："回头想想，咱姐妹俩还真没一起住过几天。"

是没住过几天，那时候你不让我和你一起住。你径直把我带回了父母原先的老房子里，把行李放下就出去了，说店里忙，晚上回来再说话。

原来，不是你把钱都拿去炒股炒没了，而是妹夫拿走了那些钱，还把你赶出了家门。幸好还有父母留下的老房子，你在街口租了个小房间开了家美发屋。

爸爸妈妈看到了吗？你们的宝贝女儿，从小护着、宠爱着，死了也要照顾着担心着的女儿，现今是这样的下场，而从不受你们关注、不曾得到你们温柔呵护的我，是我帮她找了律师，收集了妹夫家暴出轨的证据，用法律手段，把你们用一辈子攒下的甚至还向我借钱才买的房子要了回来。

我做这一切的时候，用我惯有的冷漠疏离与无情，一副公事公办的冷硬口气。妹夫搬走的那天，大概觉得没脸，却又不服气，说："我娶了一个不能生孩子的女人，总得让我有点儿补偿吧？"

不能生孩子？

原来，你不但体质羸弱，还因为器官发育不全而永远不能做母亲。

我们俩还在妈妈肚子里的时候，我的强壮就决定了你的羸弱，我越强壮，你就越弱小，根据物竞天择的生物进化原则，强壮的我抢走了大部分的营养，你能出生并且活下来，已经是一种奇迹。

父母若真的势利无情，大可放弃你只抚养我，那样他们会轻松许多，也不会招致我多年来的失落与怨恨。你在保育箱里时，在好几次生死关头，他们每次都选择要为我留下一个亲人。

10

与妹夫办完手续那天，你有点儿失落。我请你吃饭，你喝了点儿酒，微醺，从饭店一路走回家的路上，你说了很多话。

"我知道爸爸妈妈从小偏袒我，因为我太弱了，所以抢走了很多本应该属于你的爱。可是姐,你都不知道我有多羡慕你,从小就能在田野里疯跑,根本不知道生病的滋味。而且那么聪明,成绩那么好,又那么独立有本事,所有人都喜欢你,甚至敬畏你。我好羡慕,真的。

"从小因为我笨,身体又不好,事事都不及你完美,所以总尽力地剥夺爸爸妈妈的爱,使他们把注意力全放在我的身上。可是你真的太厉害了,你被忽略了,却仍然长得那么好,那么完美,我们都以为你根本不需要我们。

"妈妈过世的那天晚上,我听到了你们的话,你哭着走了。那是我第一次看到你哭,也是第一次知道,原来你也需要我们。

"我给你打电话,你总不说话。可我还是想给你打。爸妈都走了,这世上我就只剩下你一个亲人了。

"爸妈不在了,你又那么远,丈夫又是那样一个人,我身体又不好,我一度真没有活下去的心思。可是姐,爸爸妈妈都说,我还有你。他们的意思是你有本事,我以后可以依靠你。可我不想那样,我想像你一样,不依靠任何人活下去。可我想和你在一起,虽然我笨,我弱,也没有本事,但是也希望能照顾你一点点。哪怕帮你洗洗衣服做顿早餐,我想给你做一点儿我能做的。

"姐,你回来了我真安心。世上还有亲人的感觉真好,不孤单。"

我亦渐渐安心。多年来我最盼望的,便是有家,有亲人的陪伴与关爱。

比起十六岁那年拒绝让我与你同住的那个你,此刻的你更像一个宽容有爱的姐姐。

你重新布置了父母的房间给我住,用了大量的粉红色,而你原本颜色粉嫩的房间,却被蓝灰色渐渐取代。每天早上你起得很早,做好早餐等我一起吃,吃完早餐一起出门。我开车,你骑小电动车,我出门右拐上大路,你出门左行入小巷。晚上五点你会给我打电话,问晚餐是否回家吃,若我回去你便早早关店去买菜,若我有应酬,你便自己随便吃点儿营业到九点。如果我们在家,你做饭,我洗碗。饭后我看书,你看偶像剧。

此时我们俩因为生活经历的不一样,已经成了截然不同的两个人。我高,短发,用冷色系化妆品,说话表情总带着冷漠与疏离,浑身是难以接近的知识分子气息。你始终比我矮一个头,瘦小,长卷发,用暖色系的化妆品,乐观爱笑,待人可亲。我们不像双胞胎,甚至不像姐妹。

但我们一起住在父母留下的老房子里,我少言,你多话,但我不怕你多说,你亦不嫌我沉默。我们的生活轨迹不同,却总能有交集。

二十九岁,我重遇德国男友,他决定为我留在中国,而我决定答应他的求婚。

而你却一直保持着单身。

11

三十一岁，我的孩子出生。从怀孕开始，从微量元素摄入到营养餐，你比我的丈夫更用心照料。孩子出生时，干脆把美发店关了来医院做我的月嫂，你没有生过孩子，却事事细心，得意地说在我怀孕前，就花钱去月嫂中心上了培训班，现在都已经有资格证了。你坦然说起自己的缺陷：不能生孩子，那就做一份总是可以看到新生命降临的工作，也很酷。

这时候你看起来真的很好，三十一岁，也是花一样的年纪，你不怎么生病了，又找到了自己喜欢职业方向。如你所说，人生正好，很酷。而我也喜欢有你相伴的人生，虽然前三十一年不尽完美，但如果以后的人生有你，也是上天与父母对我的恩赐。

你被那场重感冒袭击的时候，我应该引起重视的，但你的乐观与坚强让我完全忘记了你的病弱，你在电话里说："姐，我这几天感冒了，怕传染给宝宝，你休假照顾他几天吧。"我脑子里思考的是能不能从工作中抽出假期回家照顾孩子，或者是干脆临时请一个保姆。

我怨恨妈妈当年为了工作、为了你而忽略我，到我做母亲时，却不知不觉地在走她的老路，为了工作，为了变得更强而开始忽略我的孩子。

我在电话里问你，能不能给我介绍一个好一点儿的保姆。你略迟疑了一下，问我是否真的不能亲自照顾孩子。我说不能，你说："那还是我去吧。"

在来我家的路上，你在出租车里就昏迷了。送到医院的时候，你先天残缺的肺部已经因为感染而严重积水。

我知道你体质不好，但我没有想到一场重感冒都能要了你的命。

下病危通知时，我站在你的病房门口，不知所措地抓住医生一再问："不能消炎吗？不能手术吗？不能转去国外治疗吗？"

医生的脸色，带着无奈，也带着一点儿愤怒："病人的肺部本来就有先天缺陷，抵抗能力也比一般人要差，平时就应该好好照顾着，普通感冒发烧都应该住院观察，来得太迟了。"

"不！不会的！不是这样的！现在医学这么发达，不可能因为感冒就死人的！"说不清楚是因为愧疚还是因为对于你即将离我而去的害怕，我失控大吼。

"姐。"半夜，你的声音从病床上传来，轻得像一缕游魂。我从噩梦中惊醒，惊慌地抓住你的手："我在这里。"

"姐，我可能要走了。"你的脸在灯光下温柔而动人，"别再怨恨爸妈了，我去找他们帮你说理去。"你想微笑，被一阵不能喘息的咳嗽打断，我按铃叫医生，却被你冰冷的手扯住，"那些仪器已经不能让我好起来了，让我和你说说话。"

我没允许，坚持叫来医生，给你打了针，你入睡后，我出门与丈夫商量要带你出国治疗的事情。回来的时候，你已经安静地走了。

你的枕头下有张病历纸，不知道什么时候，你在上面写了句话："姐，我走了。别太伤心。现在你有姐夫，还有宝宝。你在这世上不孤单了。"

12

姬媛，抱歉。我还是狠狠地伤心了很久，失落哭泣了很长一段时间。

我后悔自己的自私与高傲，我本应该多关心你一些。作为姐姐，我本应该像父母一样了解你的身体状况，我本应该成为陪着你、照顾你一起走得更远的人。可是我没有，我只顾着怨恨父母偏袒你而冷落我，只顾着去做得更加完美，只顾着接受你替父母表达的歉意，享受你的忍让与照顾。却忘记了，正是我胎儿时期无意识地抢夺了你的健康，我才能长成今天这个看起来很优秀的自己。其实与你相比，我脆弱又幼稚，我才是那个任性而又娇气的人。可当我明白这一切时，你却已不在，怎不叫我悔恨难消……

幸好，我还是从你身上学到了一些温暖的东西。我慢慢减少工作量，把更多的精力放在丈夫和孩子身上。我渐渐更多地感觉到了幸福与爱，也渐渐学会了怎样付出爱，让身边的人幸福。常常想起你说过的话："世上还有亲人的感觉真好，不孤单。"

姬媛，见到爸爸妈妈了吗？请代我说抱歉，我一切安好，愿你们亦然。

——本季完——

意林品牌书系推荐

意林女生文学·《小小姐》品牌书系　中国女生文学第一品牌，纯正、阳光、向上，优质女孩必选文学读物

萌灵小说系列
《悠莉宠物店Ⅰ》	18.80
《悠莉宠物店Ⅱ》	18.80
《悠莉宠物店Ⅲ》	19.90
《悠莉宠物店Ⅳ》	19.90
《悠莉宠物店Ⅴ》	19.90
《悠莉宠物店Ⅵ（大结局）上》	19.90
《封印之书·九尾狐》	19.80
《封印之书·独角兽》	19.80
《坞丽晴异闻录》	19.90
《薇妮天使旅行》	19.90
《苍岛有风①·人鱼过境》	19.90
《萌物委托社①世外萌龙天然呆》	22.80

冒险励志系列
《迷藏·海之迷雾》	18.80
《迷藏Ⅱ·月影迷踪》	19.90
《迷藏Ⅲ·幻梦迷城》	19.90
《花与梦旅人Ⅰ》	19.80
《花与梦旅人Ⅱ》	19.90
《花与梦旅人Ⅲ》	19.90
《花与梦旅人Ⅵ（大结局）》	
《花与守梦人①·大公的苏醒》	19.90
《花与守梦人②·占星师的眼泪》	19.90
《萌侦探纪事Ⅰ》	18.80
《萌侦探纪事Ⅱ》	19.90
《萌侦探纪事Ⅲ》	19.90
《萌侦探纪事Ⅳ（大结局）》	19.90
《迷宫街物语》	19.90
《艾蜜儿宇航日记》	19.90

幸福蔷薇系列
《蔷薇少女馆Ⅰ》	18.80
《蔷薇少女馆Ⅱ》	18.80
《蔷薇少女馆Ⅲ》	19.90
《蔷薇少女馆Ⅳ》	19.90
《蔷薇少女馆Ⅴ》	19.90
《蔷薇少女馆Ⅵ》	19.90

浪漫古风系列
《七寻记Ⅰ》	18.80
《七寻记Ⅱ》	19.90
《七寻记Ⅲ》	19.90

果绿年华系列
《蝴蝶飞过旧时光》	19.80
《第一女执政官》	19.90
《风之少女琪琪格》	19.90
《霓裳小千金》	19.90
《两生花开时》	22.00
《风云俏萝莉》	19.90

月舞流光系列
《前方江湖请绕行Ⅰ》	19.90
《前方江湖请绕行Ⅱ》	19.90
《前方学院请绕行Ⅲ》	19.90
《三色堇骑士之歌》	19.90
《守望彼岸星海》	19.90

萌淑女驾到系列
《萌淑女驾到之美女训练营》	19.80
《萌淑女驾到之天使候补生》	19.80
《萌淑女驾到之人鱼的信奉》	19.90
《萌淑女驾到之天鹅公主成人礼》	19.90

星愿大陆系列
《星愿大陆①·天命巫女》	19.90
《星愿大陆②·白银蔷薇》	19.90
《星愿大陆③·幻月手杖》	19.90
《星愿大陆④·永恒星钻》	19.90
《星愿大陆⑤·夜之王子》	19.90
《星愿大陆⑥·晨光微曦》	19.90
《星愿大陆⑦·琉光暗影》	19.90

浪漫星语系列
《处女座：完美年华初相见》	20.90
《天蝎座：假面黑桃Q》	20.90
《双子座：闯进你的孤单星球》	20.90
《巨蟹座：追梦的水晶鞋》	20.90
《天秤座：优雅走过下雨天》	20.90
《白羊座：裙摆是花开的地方》	20.90
《摩羯座：寄给青春一座城》	20.90
《双鱼座：浪漫满分灰姑娘》	20.90
《金牛座：微笑天使倔强心》	20.90
《狮子座：再会，骄傲小时光》	20.90
《水瓶座：星光偶像少年蓝》	20.90

淑女风尚馆·气质养成系列
《我要我的淑女范儿》	18.80
《优雅女孩的秘密》	18.80
《清新森女在路上》	18.80
《俏女孩的甜美主义》	18.80

小MM迷你爱藏本
《蝴蝶停在十六岁》	18.80
《焦糖玛奇朵天使咒》	18.80
《那一年，花开半夏》	18.80
《雨季微凉时》	18.80
《只穿一天公主裙》	18.80
《月色银蔷薇》	18.80
《傲娇公主的美丽回旋》	18.80
《花田明月照年少》	18.80
《亲爱的小气鬼》	18.80
《青春如诗，静谧花开》	18.80

重磅作家系列

书名	价格
《薄荷香女孩》	19.80
《不说再见好吗（上）》	17.90
《不说再见好吗（下）》	17.90
《风走过树林》	17.90
《忆棠的夏天》	17.90

唯美新漫画系列

书名	价格
《钢琴小淑女（第一季）》	17.90
《钢琴小淑女（第二季）》	17.90
《钢琴小淑女（第三季）》	17.90
《钢琴小淑女（第四季）》	17.90
《最佳女主角（第一季）》	18.80
《七寻记・鎏金龙纹镯（漫画版）》	15.00
《七寻记・夔龙黄玉佩（漫画版）》	15.00
《天鹅座・鹅黄》	18.80
《天鹅座・柳青》	18.80
《天鹅座・冰蓝》	18.80
《天鹅座・禧红》	18.80
《天鹅座・蜜粉》	18.80
《天鹅座・浅紫》	18.80

绘色缤纷系列

书名	价格
《淑女绘・花的学校》	22.00
《淑女绘・童话诗人》	22.00
《淑女绘・雪花的快乐》	22.00

日光倾城系列

书名	价格
《巧克力色微凉青春Ⅰ》	20.90
《巧克力色微凉青春Ⅱ》	20.90
《浅蓝色时光舞步Ⅰ》	20.90
《女生宿舍Ⅰ・南栀向暖》	20.90

纯美小说系列

书名	价格
《少女果味杂志书①：甜心草莓号》	14.80
《少女果味杂志书②：蜜桃慕斯号》	14.80
《少女果味杂志书③：焦糖布丁号》	16.80
《少女果味杂志书④：香草海绵号》	16.80
《少女果味杂志书⑤：可可森林号》	18.80
《少女果味杂志书⑥：果果米苏号》	18.80
《少女果味杂志书⑦：香橙泡芙号》	18.80
《少女果味杂志书⑧：樱桃芝士号》	18.80
《少女果味杂志书⑨：蓝莓布朗号》	18.80
《少女果味杂志书⑩：薄荷方糖号》	18.80
《少女果味杂志书⑪：樱花紫苏号》	18.80
《少女果味杂志书⑫：柠檬红茶号》	18.80
《少女果味杂志书⑬：红豆奶昔号》	18.80
《少女果味杂志书⑭：芒果西多号》	18.80

蝴蝶蓝系列

书名	价格
《蝴蝶蓝（第一季）・千面桃花姬》	19.90
《蝴蝶蓝（第二季）・紫莲山庄》	19.90
《蝴蝶蓝（第三季）・落跑小郡主》	19.90

班花朵朵系列

书名	价格
《班花朵朵①・我是艺术生》	20.90
《班花朵朵②・电影初体验》	20.90
《班花朵朵③・偶像保卫战》	20.90
《班花朵朵④・追梦交换生》	20.90

现在是女生时代系列

书名	价格
《现在是女生时代！》	28.80
《现在是女生时代！②・我们闺蜜吧》	28.80
《现在是女生时代！③・女生都是小怪物》	28.80

小MM六周年主题书

书名	价格
《淑女王冠》	29.80

欢乐联萌系列

书名	价格
《养只萌呆镇镇宅①》	19.90
《养只萌呆镇镇宅②》	19.90
《养只萌呆镇镇宅③》	19.90
《养只萌呆镇镇宅④》	19.90
《养只萌呆镇镇宅⑤》	19.90
《萌师上线，顽徒请签收①》	19.90
《千金当道（一）》	19.90

天使在身边系列

书名	价格
《路过心上的哈士奇》	20.90
《当心！浣熊出没》	20.90
《萌动之森①・雪地精灵伶鼬》	20.90

公主天下系列

书名	价格
《清河公主・洙宛传》	22.80

小MM花漾青春版

书名	价格
《少女说①・花醒了》	22.80

极致小清新系列

书名	价格
《女孩子的清甜小说绘①・淡白栀子号》	20.90
《女孩子的清甜小说绘②・浅草茉莉号》	20.90

《意林・轻小说》・轻文库品牌书系　　引领校园小说阅读新潮流

绘梦古风系列

书名	价格
《公主驾到》	23.80
《花颜错》	23.80
《山寨世家》	23.80
《倾世迷迭书》	23.80
《凤九卿（一）》	23.80
《凤九卿（二）》	23.80
《凤九卿（三）》	23.80
《凤九卿（四）》	23.80
《凤九卿（五）》	24.80
《凤九卿（六）》	24.80
《美人千千泪西楼》	23.80
《郡主驾到・壹》	24.00
《郡主驾到・贰》	24.00
《木兰帝（上）》	23.80
《木兰帝（下）》	23.80
《俏娇小仙闹皇宫》	23.80
《连城赋（上）》	23.80

恋之水晶系列		暗影迷踪系列	
《致淡玫瑰色的你》	22.80	《终极推理事件簿》	22.80
《宁负流年不负君》	22.80	《超级学园探案密码》	22.00
《世界第一的假面殿下》	25.00	新炫武侠系列	
《脱线萌星易容记》	25.00	《邻家武圣》	23.80
《指尖花凉忆成殇》	22.00	星光璀璨系列	
《欢歌犹在意微醺》	22.00	《轻星球·仙女星云号》	19.80
《见习保镖呆呆兽》	25.00	灵气少女系列	
《可可少女梦想纪》	25.00	《星有灵犀遇见你》	20.80
《后天男神Ⅰ》	25.00	《萌熊改造计划》	20.80
《后天男神Ⅱ》	25.00	《守护极速甜心》	20.80
《后天男神Ⅲ》	26.80	《元气星女倾城记》	20.80
《世界第一的公主殿下Ⅰ》	23.80	《公主病》	20.80
《世界第一的公主殿下Ⅱ》	23.80	轻舞飞扬系列	
《挥手告别小时光》	23.80	《毛毛熊的浪漫樱花雨》	19.80
《少年站在云之彼岸》	23.80	《发梢轻绾茉莉香》	19.80
《我的青春,以你为名①偶像来了!》	23.80	《迷迭香在青春里绽放》	19.80
奇幻仙境系列		私人定制少女馆	
《彼渡少年与妖怪契约》	23.80	《恋恋星煌十二宫》	25.00
《神典·末夜公主》	23.80	《守护十二生辰石》	25.00
《御灵骑士团·诺茵与彩狸》	23.80	暖爱青春馆系列	
《逆世界之瞳》	23.80	《少年北顾,唯愿君安(上)》	25.00
《玫瑰帝国·荆棘鸟之冠》	25.00	《少年北顾,唯愿君安(下)》	25.00
《玫瑰帝国·黑羽蝶之翼》	25.00	《若你离去,后会无期》	22.80
《玫瑰帝国·白蔷薇之祭》	26.80	《想你的时候,抬头微笑》	22.80

《意林·小文学》品牌书系   阳光阅读·快乐写作

成长物语系列		爆笑学园系列	
《艾丽鲨半成年》	19.90	《鬼马女神捕①:绝密卧底(上)》	14.80
《换双翅膀飞翔》	19.90	《鬼马女神捕①:绝密卧底(下)》	14.80
《琥珀青春》	19.80	《鬼马女神捕②:绝命预言(上)》	14.80
魅力悦读系列		《鬼马女神捕②:绝命预言(下)》	14.80
《程家兄妹·永不毕业的少年》	19.90	《天神学院·魔女见习生》	19.90
幻之星球系列		动物奇缘系列	
《地球假日①:寻找洛神》	19.90	《萌兽报到,请多关照》	19.90

中国版《太阳的后裔》,无数读者为之震撼落泪!
《少年北顾,唯愿君安》

身为特种兵的男生**顾容**与
VS
拼命成为**特种兵**的女生祝维拉

用**最温柔**的往事,抒写最壮烈的**爱情**——
因为爱你,所以想和你一起**所向披靡**。

多年后,她划掉了生命中的那个**最重要**的名字,
为了一个和自己生命相连的至亲的人,
摇身一变,成了闪耀的明星。
兜兜转转**十余年**,原来爱是最远的**牵挂**和最近的**无言**。

超值心动价:
25.00元/本